Verlag Edition Hochfeld

Der Seehas – Symbolfigur des Friedrichshafener Seehasenfestes – wird erstochen aufgefunden. Im Kostüm befindet sich ein falscher Darsteller; ein ehemaliger Latein-Lehrer, was den Kreis der Verdächtigen erheblich erweitert. Die aus Köln frisch zugereiste Kommissarin Rosemarie Gebhardt kämpft sich durch feiernde Massen und schwäbische Familienabgründe, übersteht kulinarische und sprachliche Herausforderungen, verschmerzt alkoholische, automobile und pathologische Zumutungen, gibt ihrer pubertierenden Tochter Kontra – aber auch ihrem herzlich respektlosen Team. Das besteht aus den Häflern Paule Bauer und Otto Eisele.

Monika Scherbarth (*1958) in Friedrichshafen am Bodensee geboren und aufgewachsen, lebt – nach vielen Jahren in fremden Kulturen – nun wieder in ihrer Geburtsstadt Friedrichshafen. Sie genießt es, hier einen Ort für sich gefunden zu haben, an dem sie ihre Erlebnisse und Erfahrungen literarisch bearbeiten kann.

Friedrichshafen Krimi

Seehas mit Stich

Erster Fall

Verlag Edition Hochfeld

1. Auflage
Juni 2013
Verlag Edition Hochfeld, Augsburg

Umschlagkonzept und Gestaltung: Verlag Edition Hochfeld
Titelbild: Friedrichshafen, Hafenpromenade mit Moleturm
Satzherstellung: Amann, Aichstetten
Gesamtherstellung: CPI Ebner & Spiegel, Ulm
Printed in Germany

ISBN: 978-3-9815506-4-1
www.edition-hochfeld.de

Seehas mit Stich ist ein Kriminalroman.
Handlung und Personen sind frei erfunden.
Etwaige Namensgleichheiten oder
Ähnlichkeiten mit lebenden Personen oder
Ereignissen sind rein zufällig und
unbeabsichtigt.

FREITAG

D Seehas isch tot

»D Seehas isch tot.«

»Du hasch doch'n Vogel. Der kommt doch erscht am Samschtag mit'm Schiff.«

»Scho, aber der da drübe hat gsagt, er hätt ihn hinterm Busch liege säe, wie'r beim Soiche war.«

»Der spinnt doch. I möcht it wisse, was der scho alles gsoffe hat.«[1]

Eine gute Stunde vorher ist alles wie immer: Der Bieranstich unter donnernden Böllerschüssen, bei dem der Oberbürgermeister sein Bestes gibt. Der tosende Applaus zur Begrüßung der »Roten«, »Blauen« und »Grünen«, wie der Häfler Volksmund liebevoll den Seehasen-Fanfarenzug, den Graf-Zeppelin-Fanfarenzug und den Seehasen-Spielmannszug nennt. Das ohrenbetäubende Blasen, Trommeln und Pfeifen derselben. Die Bürgergarde der Stadt marschiert auf und die Gäste aus Kluftern. Das Wetter ist sogar besonders schön! Kein Wölkchen hängt über dem spiegelglatt da liegenden See, kein Platzregen

---

1 – Der Seehas ist tot.
– Du hast doch einen Vogel. Der kommt doch erst am Samstag mit dem Schiff.
– Stimmt schon, aber der da drüben hat gesagt, er hätte ihn hinter einem Busch liegen sehen, als er beim Pissen war.
– Der spinnt. Ich möchte nicht wissen, was der schon alles getrunken hat.

ergießt sich über die breite Uferstraße und ihren belagerten Park, keine Sturmbö bringt die Fahnenschwinger der Züge in den Landsknecht-Uniformen aus dem Takt.

Auf beruhigende Weise ist alles so, wie es sich gehört bei der Eröffnung dieses Volksfestes, das erst nach dem Krieg als Kinderfest erfunden wurde und somit eine für alemannische Verhältnisse lächerlich kurze, aber immerhin eine Tradition hat.

Dann lösen sich die Formationen auf. Die Leute strömen auf die Promenade, winken, mit Lebkuchenherzen behängt oder an Liebesäpfeln nagend, über Biergartenzäune, nehmen Ausschänke und Fressbuden aller Art in Beschlag. Die Losverkäufer schütteln ihre kleinen Eimer. Alles ist gut.

Doch dann schreit jemand. Gellend.

Wenig später schiebt sich ein Krankenwagen mühsam durch's Gedränge. Sein hektisches, blaues Blinken stört die Idylle der bunten Lichterketten über den Biergärten. Das Martinshorn geht in der Geräuschkulisse aus verschiedenen Bands, Blaskapellen und mitgrölenden Gästen unter.

Rose sitzt auf einer der vielen Umzugskisten und streichelt über das Foto in ihrer Hand. Der blonde Mann mit den blauen Augen lacht über das ganze Gesicht, genauso wie der kleine Junge auf seinem Arm.

»Ihr beiden.« Sie wischt sich eine Träne aus dem Augenwinkel.»Drei Jahre, meine Güte. War nicht einfach ohne euch, aber es muss ja weitergehen. – Charly ist noch bei Oma. Sie kommt morgen mit dem Zug.

Mach dir keine Sorgen Mama, ich schaff das schon, hat sie gesagt. Und dass sie kein kleines Kind mehr ist.« Sie lacht leise. »Ich wär mit vierzehn auch gern allein Zug gefahren.«

Plötzlich springt sie auf. »Mein Gott, ich führe hier Selbstgespräche, dabei ist noch nicht mal ihr Zimmer fertig!«

Das Handy klingelt. Eine fremde Nummer. Widerwillig nimmt Rose den Anruf entgegen.

»Gebhard.«

»Frau Hauptkommissarin, es tut mir leid, wenn ich Sie störe. I woiß, ihr Dienscht beginnt ersch nägschte Woch[2], aber der Kollege, der Bereitschaft hat ... na ja, wie soll ich des jetzt sagen? Er isch it erreichbar.«

»Ist etwas passiert? Wer sind Sie überhaupt?«

»Ich, Tschuldigung, Eisele, Kommissar Otto Eisele am Apparat, und es gäb da einen Toten.«

Als Rose vor der Absperrung eintrifft, ist der Tatort bereits ausgeleuchtet und ein Team der Spurensicherung am Werk. Ihre Stimme klingt leicht gehetzt, als sie in die Runde sagt:

»Tut mir leid, dass ich so spät dran bin, aber ich kenne mich in Friedrichshafen noch nicht aus. Rosemarie Gebhard, Mordkommission.«

Keiner beachtet sie wirklich. Alle scheinen vollauf damit beschäftigt, zu fotografieren und Abdrücke der massenhaft vorhandenen Fußspuren zu nehmen.

»Gerd, wirf mir doch noch ne Tube von dem Zeug

---

2 Ich weiß, Ihr Dienst beginnt erst nächste Woche, aber (...) Er ist nicht erreichbar.

rüber. Scheiße, müssen die denn ausgerechnet alle hier pinkeln?«

Zwischen dichten Sträuchern kommt eine rot und gelb leuchtende Weste zum Vorschein. Die gebeugte Gestalt richtet sich auf und geht auf Rose zu.

»Ah, Sie sind die neue Kommissarin! Darf ich mich vorstellen, Philipp von Stauffen, Notarzt. Ich kann leider nichts mehr für ihn tun.«

Er deutet hinter sich. Rose folgt seinem Blick und sieht einen mannsgroßen Hasen bäuchlings unter den tief hängenden Ästen liegen. Fragend sieht sie den Arzt an.

»Ein Hase?«

»Nicht irgendeiner. Der Seehas. Das Symbol unseres Heimatfestes.«

»Aha! Todesursache?«

»Erstochen. Viel mehr kann ich dazu nicht sagen, solange er das Fell trägt. Außer, dass er noch nicht lange tot ist, seine Hände sind lauwarm. Ein Fall für den Pathologen. Wir kümmern uns jetzt wieder um unsere Alkoholleichen. – Auf geht's!«

Er winkt zwei wartenden Sanitätern zu, die treten sofort ihre Kippen aus und ernten dafür prompt einen Anschiss von der Seite.

»Seid ihr denn völlig blöd? Das ist ein Tatort!«

Von Stauffen verabschiedet sich nur lässig mit einem »Adele«.

»Ade was? Ähm, tschüss Herr Doktor. Vielen Dank!« ruft ihm die Hauptkommissarin hinterher, holt entschlossen Luft, lässt sie zischend wieder ab und blickt sich um. Dann murmelt sie: »Jetzt reiß dich am Riemen, Rose! Du bist hier der Chef!« Es klingt gereizt.

Ein offener Koffer steht gleich neben ihr. Sie greift sich

ein Paar Schutzhandschuhe heraus und fragt viel zu laut: »Ist hier jemand verantwortlich?«

Sie tritt näher ans Gebüsch und macht jäh wieder einen Satz zurück. Etwas Dunkles kommt daraus hervor gekrochen.

»Wer will des wisse?« antwortet eine Männerstimme noch aus der Hocke. Dann wird eine Taschenlampe auf Roses Dienstausweis gerichtet.

»Herzig. Mir[3] sind hier gleich so weit fertig.«

»Schon? Irgendwas gefunden? Die Tatwaffe wär nicht schlecht. Und gewöhnen Sie sich gefälligst einen anderen Umgangston an!«

»Negativ.«

»Bitte?«

Verärgert bückt sich die Hauptkommissarin, um an das Opfer heranzukommen und verfängt sich mit den Haaren im Dickicht.

»Shit!«

»Mein Name isch Herzig. Brauchet Sie Hilfe?«

»Ach so! Nein, oder vielleicht doch. Haben Sie eine Baumschere in Ihrem Koffer?« Sein ratloser Blick bringt Rose kurz zum Lachen. »Schon okay. Lassen wir die Formalitäten und sehen uns das Versteck hier mal näher an.«

»Hm, ich vermute, er wurde so schnell entdeckt, weil das weiße Fell in der Dunkelheit leuchtet. Die schwarzen Flecken gehören dazu, aber die Verfärbungen an seinem Hintern nicht.«

»Vielleicht Blut. Oder Grasflecke. Des wird nachher im Labor untersucht.«

---

3 Wir

»Gut. Helfen Sie mir bitte, ihn umzudrehen.«

»Frau Gebhard, wenn Sie die Füß übereinander leget, dann nehm i die Schultern.[4] Ja, genau so. Und jetzt: hau ruck!«

Umrahmt von kuschelweichem Fell und überlangen Ohren starrt ihnen ein verzerrtes, ältliches Gesicht entgegen, die Augen weit aufgerissen.

»Ohjee!«

»Kennen Sie den Mann?«

»Und wie! Des isch mein ehemaliger Lateinlehrer, Oberstudienrat Kramer.«

»Ist das sehr schlimm für Sie? Geht's denn?«

»Koi Problem[5], dem hätt i liebend gern selbscht den Kragen umdreht.«

»Aha. Offen gestanden, mein Lieblingsfach war's auch nicht gerade.«

Es gibt keine weiteren Spuren oder Verletzungen und die Identität des Opfers ist geklärt. Die Hauptkommissarin kriecht auf allen Vieren rückwärts, steht schleunigst auf und klopft Gras, Blätter und Erde von ihrer Kleidung.

»Meine Haare, verdammt!« mault sie. »Ich seh bestimmt aus wie ein Buschweib.«

Der Mann von der Spusi verkneift sich das Lachen.

»Sie hättet sich einen von unsere Overalls anziehe solle.«

»Zu spät. Lassen Sie den Toten in die Gerichtsmedizin bringen. Ich will so schnell wie möglich Ergebnisse.

---

4 Wenn Sie die Beine übereinander legen, nehme ich die Schultern.

5 Kein Problem, dem hätte ich liebend gern selbst den Kragen umgedreht

Außerdem muss seine Familie benachrichtigt werden. Und sagen Sie den Kollegen, dass wir ein aktuelles Foto brauchen! Sie sollen es gleich kopieren und verteilen.«

»Darf ich was dazu sagen? I mach Bilder von ihm in der Verkleidung. Wenn den heut Abend jemand gsäe[6] hat, erkennt er ihn so am eheschde.«

»Einen großen weißen Hasen? Da erübrigt sich wahrscheinlich Ihre Mühe. Aber tun Sie's trotzdem. Das wär's fürs Erste. Danke für die gute Zusammenarbeit, Herr Herzig.«

»Koi Problem, Frau Hauptkommissarin.«

»Frau Gebhard!«

Ein etwas zu klein geratener, kahlköpfiger Mann mittleren Alters kommt hastig auf sie zu.

»I bin Kommissar Eisele und Ihne zugeordnet, sobald Sie im Dienscht sind. Des sind Sie doch jetzt, oder?«

Lächelnd reicht sie ihm die Hand.

»Freut mich, Sie kennen zu lernen, Herr Eisele.«

»Mi au[7], Frau Hauptkommissarin.«

»Sie wissen, womit wir es hier zu tun haben? Wir müssen Zeugen suchen. Wie viele Leute haben wir?«

»Alles was Beine hat. Sind sowieso die meischte im Einsatz, und der Räscht in Bereitschaft, wägem Fäscht.[8]«

»Gut. Dann lassen Sie uns loslegen. Aber zuerst muss ich was essen. Ich war den ganzen Tag mit dem Umzugswagen unterwegs.«

---

6 Wenn den heute Abend jemand gesehen hat, erkennt er ihn so am ehesten.

7 mich auch

8 Sind sowieso die meisten im Einsatz, und der Rest in Bereitschaft, wegen des Festes.

Stolz deutet Eisele in Richtung See. Auf der Promenade reiht sich ein Imbissstand an den anderen.

»Darf i Ihne als Einstand a paar Spezialitäte aus der Gegend vorstellen?«

Rose hat zwar wenig Lust, sich ins Getümmel zu stürzen, aber sie will ihren Assistenten nicht gleich zu Beginn vor den Kopf stoßen.

»Hört sich gut an. Ich probier's. Ein Kölsch dazu, perfekt.«

»Momentle ...«

Der neue Kollege fischt ihr ein paar kleine Zweige aus den Haaren. Dann begleitet er sie in ein Bierzelt. Etwas befremdet bleibt Rose an einem Tisch zurück, während Eisele das Essen holt. In der Nähe der Bühne tanzen Menschen zu ›Marmor Stein und Eisen bricht‹ auf den Tischen.

›Das haben sie auf unserer Hochzeit auch gespielt.‹ Rose seufzt.

»Isch was it in Ordnung?« schreit Eisele und stellt einen Teller vor sie hin.

»Was ist das?« schreit sie zurück.

»Schupfnudle[9] und e kloines Bier. Mahlzeit!«

9 fingerdicke schwäbische Teigspezialität

SAMSTAG

Sie möget Latte

Es gibt eine Espresso-Maschine im Büro. Rose ist froh, denn ihre eigene hat sie in den Umzugskisten noch nicht entdeckt. Sie will sich gerade daran zu schaffen machen, als plötzlich ein großer, stämmiger Mann mit Rasierschaumspuren um Mund und Nase neben ihr steht.

»Früh dran! Sie sind wohl aus dem Bett getrommelt worden?«

»Allerdings. Im wahrsten Sinne. Ein Heidenlärm war das und noch vor dem Hellwerden.« Roses Geistesgegenwart ist noch getrübt. So plaudert sie einfach drauf los, während sie vergeblich auf allerhand Knöpfe drückt, um die Maschine in Gang zu setzen. »Aber was soll's, mein Wecker ist sowieso noch in irgendeiner Kiste unter Massen von Bettwäsche, und wie das mit dem Handy geht, weiß nur meine Tochter. Aua! Mistding! Ich habe eine gefunkt bekommen!«

Jetzt wird sie doch stutzig.

»Woher wissen Sie eigentlich, ähm. Warum erzähle ich ausgerechnet Ihnen das?«

»Weil ich Kriminaler bin? Die ist übrigens hinüber. Aber keine Sorge, Otto bringt morgens immer heißen Kaffee mit.«

Er steckt sich das zerknitterte Hemd in die Jeans, wischt sich mit dem Handtuch, das über seiner Schulter hängt, den restlichen Schaum vom Gesicht und wirft es dann achtlos auf einen Stuhl, grinst.

»Nett, was uns das LKA da geschickt hat, wirklich nett.«

Er mustert die neue Chefin von oben bis unten.

»Tippe mal, Sie sind der Kollege, der gestern Abend Bereitschaft hatte und verschollen war. Sie haben hier im Büro übernachtet?«

»Gut kombiniert, Kompliment. Es ist näher als zu mir nach Hause und ich war nicht verschollen, ich war undercover.«

Da schiebt sich Eisele mit zwei großen Kaffeebechern durch die Tür. Unter einem Arm klemmt eine Tageszeitung.

»Ich hoffe, Sie möget Latte? Oh, Sie habet Hauptkommissar Bauer scho kenne glernt.«[10]

Rose sieht Bauer in die Augen und streckt ihm dann spöttisch lächelnd die Hand entgegen.

»Sie machen Ihrem Namen alle Ehre, Herr Bauer!«

»Der Paule isch immer so, da dürfet Sie it eigschnappt[11] sei.«

»Otto, sei vorsichtig. Ich bin noch nicht in Höchstform.« Dann, den Blick wieder auf die neue Kollegin gerichtet, »Paul Bauer, freut mich. Willkommen an Bord!«

Der kräftige Händedruck hat etwas Warmes und Herzliches, das Rose angenehm überrascht.

»Ihre Unterstützung kommt wie gerufen! Stimmt's, Otto? Immerhin handelt es sich bei dem Toten um eine Person des öffentlichen Interesses.«

»War denn dieser Lateinlehrer so wichtig für die Stadt?«

---

10 schon kennen gelernt

11 beleidigt

»Lateinlehrer? Ha nein, der Seehas!«

Fast hätte Rose den hämischen Unterton in den falschen Hals bekommen, doch Kollege Bauer redet einfach weiter.

»Die vorläufigen Berichte des Gerichtsmediziners und der KTU liegen schon auf Ihrem Schreibtisch. Ich habe mir erlaubt, einen Blick rein zu werfen. Es handelt sich um zwei Stiche in den Rücken. Er starb zwischen 20.30 und 21 Uhr. Die Flecken auf seinem Kostüm sind grüne Lackfarbe. Identifiziert wurde er als Herbert Kramer, Lateinlehrer a.D.

Mannomann, Sie müssen ganz schön Eindruck auf die Truppe gemacht haben! Wann bekam ich jemals Infos dermaßen presto, Otto?«

Jetzt muss Kommissar Eisele grinsen. »Na ja, du bisch halt it so schee wie unsre Frau Gebhard, woisch.«[12]

»Können wir dann, meine Herren?« Rose runzelt missbilligend die Stirn. »Wurden Zeugen der Tat gefunden? Gibt es schon Hinweise? Hm, der ist lecker!«

Dank Eiseles sündiger Verführung hat sich die Hauptkommissarin, die sonst ihren Kaffee schwarz und selbstverständlich ohne Zucker trinkt, schnell wieder entspannt.

Bauer setzt gerade an, aber Eisele ist schneller.

»Scho![13] Der Fischle hat wieder mal alle Antworte parat.«

Er legt die Zeitung aufgeschlagen vor die beiden hin. Ein übergroßes Schwarzweißfoto zeigt Kinder, die alle-

---

12 Na ja, du bist eben nicht so schön wie unsere Frau Gebhard, weißt du?

13 (Schon.) Allerdings.

samt Hasenohren auf ihren Köpfen tragen und Maulaffen feilhalten. Die Schlagzeile daneben ist ebenfalls nicht zu übersehen:

SEEHAS ERMORDET. Bauer schüttelt nur den Kopf, während er in bärbeißigem Ton vorliest:

»Werden hunderte von Erstklässlern enttäuscht sein, weil ihnen der Seehas den Hasenklee nicht bringt? Ist er am gestrigen Abend hinterrücks ermordet worden? Ein Großeinsatz der Polizei gegen 21.30 Uhr deutet darauf hin, dass das Unglaubliche geschehen ist! Noch tappt die Polizei allerdings völlig im Dunklen – wie so oft. Doch nach unseren Erkenntnissen wurde in den Uferanlagen ein Toter aufgefunden, der die Vermutung zulässt, dass der Seehas in diesem Jahr nicht aus dem blauen Bodensee kommen wird. Bla, bla, bla.«

Bauer runzelt die Stirn. »Da hat sich aber einer ganz schön aus dem Fenster gelehnt. Das Blatt ist eigentlich stockkonservativ. So unsachlich werden die sonst nur, wenn Deutschland Italien 5:2 in der WM besiegt.«

»Träumsch jetzt!«

»It frech werde, Otto! Trotzdem, Schwachsinn, die wissen rein gar nichts!«

»Ist das so?« Rose ist jetzt hellwach. »Dieser Reporter, dieser …«

»Fischle, Frau Hauptkommissarin.«

»Danke Eisele. Also dieser Fischle hört sich an, als wüsste er doch, wovon er schreibt. Wie kommt er dazu? Hat er noch andere Quellen? Was haben unsere Ermittlungen eigentlich hergegeben? «

Bauer verzieht missmutig sein Gesicht. »Die Uniformierten einschließlich der Wasserschutzpolizei haben jeden befragt, der um diese Zeit auch nur annähernd noch ansprechbar war.« Er blättert in den Protokollen hin und her. »Hier stehen lediglich Aussagen und Vermerke wie, warten Sie mal: ›Ich seh viele Hasen, geile Titten und Ärsch‹. Oder: ›Der Seehas läuft hier rum? Du Depp!‹ in Klammer: von einer Anzeige wegen Beamtenbeleidigung wurde abgesehen. Und: ›Da auf dem Abzeichen, sehen Sie?‹ Touristin. Und so weiter und so fort. Meiner Ansicht nach kann er aber nicht völlig ungesehen in die Uferanlagen gelangt sein. Möglicherweise hapert es daran, dass manche nicht mehr wussten, dass erst Freitag war.«

»Ich verstehe nicht ganz, Kollege.«

»Das wird noch, spätestens im Laufe des Tages.«

»Wie Sie meinen!« Rose ist jetzt doch ein wenig angefressen.»Ist denn die Familie inzwischen informiert? Hatte Kramer überhaupt eine?«

»Er hatte. Frau und zwei Söhne. Den einen, Johannes, hab ich gekannt. War mit mir auf der Schule. Bei ihm zu Hause bin ich allerdings nie gewesen. Eine Streife war heute Nacht dort. Ich denke allerdings, wir lassen uns auch blicken, und zwar jetzt. Die Frage, warum der dieses Kostüm an hatte, lässt mir keine Ruhe.«

»Das heißt, er war gar nicht der Seehas?«

»Der? Nur über meine Leiche!«

»Dann sollten wir das klären. Ich muss allerdings um elf am Bahnhof sein, meine Tochter Charly kommt mit dem Zug aus Köln.«

»Des kann i übernehme. Wie erkenn ich sie?«

»Otto, bist du nun Kommissar, oder it!?«

Auf dem Weg zu Kramers Familie in Bauers altem Mercedes wirkt Rose bedrückt.

»Keine Sorge. D' Otto isch n feiner Kerle[14], der macht sei Sach immer prima.«

Erstaunt sieht Rose ihn an.

»Wollen Sie mich foppen? Sie sind Schwabe?«

»Waschächt. Hier geboren und aufgewachsen. Studiert habe ich allerdings in den USA. Nachts war ich in den Ghettos von Chicago auf Streife, um mir eine zusätzliche Ausbildung in Kriminalistik und Forensik leisten zu können. Praktisch rund um die Uhr im Einsatz. Und dann drei Jahre FBI.«

»Ich soll Ihnen abnehmen, dass Sie Karriere gemacht haben und jetzt hier eine ruhige Kugel schieben?«

»Sie doch auch. Wir sind da.«

»Frau Kramer, es tut uns leid, wenn wir Sie zu so früher Stunde und unter diesen Umständen stören, aber es sind da noch Fragen offen, den Tod Ihres Mannes betreffend.«

»Mein Ma isch obe, fraget Se ihn selber.«[15]

»Sie sind nicht Frau Kramer?«

»Noi, die wohnet da drübe.«

»Danke und, bitte vielmals um Entschuldigung. – Bauer!!!«

»Zahlendreher. Kann doch mal passieren, war ne lange Nacht.«

Die Frau mit der schwarzen Strickjacke über der Kittelschürze, die diesmal auf Roses Klingeln öffnet, sieht schon eher aus wie eine frischgebackene Witwe.

»Scho wieder Polizei!«

---

14 ein ›feiner Kerle‹ zu sein ist ein hohes Lob

15 Mein Mann ist oben, fragen Sie ihn selber!

»Sind Sie Frau Anneliese Kramer?« Rose will nur sicher gehen.

»Ja, wer sonscht. Kommet Se rei, d Nachbarn hent[16] gern ihr Freud.«

Frau Kramer geht voraus in die Küche und nimmt zwei Kaffeetassen aus dem Hängeschrank.

»Kaffee?«

»Drei Stück Zucker und Milch bitte.« Bauer rührt gemächlich in seinem Kaffee.

»Unser Beileid!« Rose ärgert sich über das Benehmen ihres Kollegen.

Der lässt sich aber nicht aus der Ruhe bringen und fragt wie nebenbei: »Was hat Ihr verstorbener Mann eigentlich mit dem Seehas zu tun gehabt?«

»Der? Der war vernarrt in den.«

»Daher das Kostüm.« Bauer schüttelt ungläubig mit dem Kopf. »Dann war er wohl auch an der Organisation des Festes beteiligt?«

»Beteiligt, der Herbert? Noi.[17] Aus m Komitee hent se'n raus gschmisse, er wäre zu fanatisch gwäse. Des hat ihm damals sei Herz broche. Uniforme aufbügle und Knöpf a nähe isch alles gwäse, was er no mache durft. S war ihm zwenig. Wie gsagt, fanatisch. So ein Depp!« Frau Kramer zerknüllt fahrig ein Taschentuch zwischen den Händen.

Rose runzelt die Stirn. »Hatte Ihr Mann denn in letzter Zeit Streit mit jemandem?«

16 Ja, wer sonst. Kommen Sie rein. Die Nachbarn gaffen gern.

17 Nein, aus dem Komitee haben sie ihn raus geschmissen, er wäre zu fanatisch gewesen. Das hat ihm das Herz gebrochen. Uniformen aufbügeln und Knöpfe annähen war alles, was er noch machen durfte. Das war ihm zu wenig.

»Noi, it[18] direkt, Frau Kommissarin. Er war fast vierzg Johr lang ein angesehener Lehrer. Eigentlich wollt oifach koiner meh was mit ihm zdue han.«

»Na gut, Frau Kramer. Das war's fürs Erste. Noch einmal mein aufrichtiges Beileid. Sie sollten sich aber noch heute in der Gerichtsmedizin einfinden, um ihn zu identifizieren. Bauer, haben Sie mal eine dieser Visitenkarten für Frau Kramer, falls ihr noch etwas Wichtiges einfällt?«

In diesem Moment erscheint ein Mann von Ende dreißig in der Küche. »Mama, was isch hier los? Wer sind die Leut und was wollet die? Sind des vielleicht Reporter?«

»Noi Bue, bloß d Polizei.«[19]

»Polente? Hasch du dir d' Ausweis zoige lasse?«

Rose hält ihm ihren vor die Nase und Bauer antwortet barsch: »Wir stellen hier die Fragen, junger Mann. Und s gibt koi Geld für des, was Sie uns saget! Sie sind … ?«

»I? I hois[20] Kramer, Patrik Kramer.«

Rose steigt stumm in den Wagen.

»Ja, ja. So sind die Schwaben. Pedantisch. Und schnell dabei, wenn's drum geht, a Märkle z mache[21].«

»Herr Bauer …«

»Paule, bitte. Ich komm mir sonst so alt vor.«

»Herr Bauer. Der Mann hatte laut Aussage seiner Frau keine Feinde, ein gediegenes Leben, wenn man von seinem Tick für Fellanzüge absieht – und jetzt liegt er in der Pathologie mit zwei Messerstichen im Rücken?«

---

18 nicht direkt. (..) Eigentlich wollte einfach keiner mehr was mit ihm zu tun haben.

19 Nein, Junge, nur die Polizei.

20 ich heiße

21 Und immer am Geld interessiert

»Scho[22], aber gediegen ist hier so ziemlich alles, wenn man nicht an der Oberfläche kratzt. Für ein gutes Honorar hätte sein Sohn noch den Skalp des Alten verkauft.«

»Warum sind Sie so verbittert?«

»Bin ich nicht, aber s isch wie s isch[23].«

Die weitere Fahrt verläuft schweigend. Auf dem Parkplatz vor dem Präsidium, Hauptkommissar Bauer zieht gerade den Schlüssel ab, stellt Rose ihm noch eine Frage.

»Warum sind Sie zurückgekommen?«

Er nickt nur und blickt dann aus dem Fenster. »Meine Mutter starb. Mein Vater hatte kurz davor einen Arbeitsunfall, sitzt seitdem im Rollstuhl. Er war hilflos ohne sie und völlig überfordert mit meinen zwei jüngeren Schwestern.«

Im Büro gibt es eine stürmische Begrüßung. Charly fällt ihrer Mutter um den Hals.

»Hallo meine Kleine, hattest du eine gute Reise?«

»Sag nicht Kleine zu mir! Außerdem bin ich stinksauer auf dich. Du hast nicht mal Zeit gehabt, mich selbst abzuholen. Schickst mir irgend so einen Zwerg, den kein Mensch versteht. Na ja, es hat sich also nichts geändert. Aber der Otto ist irgendwie ganz süß, woisch[24]!«

»Also wirklich, Charly!«

Beide brechen in Lachen aus.

»Hasch[25] ghört Otto, du bisch gefragt bei den jungen Damen!!! – Ich bin der Paule und du musst die Charly sein.«

---

22 Ja, …

23 es ist, wie es ist

24 weißt du

25 Hast du gehört, Otto, du bist gefragt …

Kommissar Eisele, der gerade erst mit einer Bratwurst bewaffnet den Raum betritt, bekommt einen hochroten Kopf.

»Coole Kollegen, Mama. Wird bestimmt lustig. Aber, wie ist eigentlich die neue Bude?«

Das ist das Stichwort.

»Herr Bauer, Herr Eisele, ich muss kurz weg. Geht das in Ordnung?«

Aber Bauer schultert bereits den riesigen Rucksack des Mädchens und deutet mit dem Kopf zur Tür. »Ich bring die Damen schnell, viel Zeit haben wir nicht. Otto, du hältst hier die Stellung.«

Rose schaut besorgt auf den Tacho. Der alte Mercedes fährt viel zu schnell. »Warum haben wir es so eilig?«

»Weil der Seehas kommt. Sie sind ja plötzlich ganz grün im Gesicht! Fahr ich zu langsam?«

»Sie sind vielleicht drauf!« Charly kichert auf dem Rücksitz. »Meiner Mutter wird beim Autofahren immer kotzübel, wegen dem Unfall damals.«

»Charly!!!«

»Tut mir leid, ich wollte nicht …« Sie nagt kurz an ihrem rechten Daumennagel, fragt dann aber neugierig: »Und der Seehas, was ist das?«

»Nicht was, sondern wer. Er wird heute aus dem See geholt und am Montag … Auf jeden Fall sollten wir in gut einer Stunde am Anleger sein. Dort versammeln sich Kinder, Touristen, aber vor allem auch eingefleischte Fans. Die müssen wir beobachten und befragen.«

»Gibt mir mal jemand Input? Was hat denn dieser Seehas verbrochen?«

»Nicht so wichtig, Charlotte.«

»Oh Mutter, wenn du mich Charlotte nennst, geht wirklich was ab!«

Bauer schaut in den Rückspiegel, zwinkert dem Mädchen zu und biegt dann in die Einfahrt zu einem sonnigen, begrünten Hinterhof.

Eine schlanke blonde junge Frau in hautengen Jeans und knappem, knallrotem Top ist gerade dabei, Wäsche auf ihrem Balkon aufzuhängen. Eine Etage höher sitzt ein strubbeliger grauhaariger Mann und liest Zeitung.

Beide halten inne und recken die Hälse, als Charly aus dem Wagen hüpft und ihrer Mutter zuruft: »Geil, Sandkasten und Schaukel! Na, dann bin ich ja versorgt.«

»Das war die einzige Bedingung, die ich dem Makler gestellt habe«, bekommt sie zur Antwort. Dann bemerkt Rose ihre Nachbarn und winkt hinauf. »Guten Tag, wir sind die Neuen.«

Schleunigst verschwindet der Mann hinter seiner Zeitung, die Frau lächelt kurz, greift sich verlegen einen zitronengelben Kissenbezug und schüttelt ihn kräftig.

»Wir sind spät dran.« Der Hauptkommissar stellt seinen Wagen einfach am Busbahnhof ab und lässt den Schlüssel stecken.

Auf Roses erstaunten Blick hin verkündet er fröhlich: »Den Göppel[26] klaut keiner. Jetzt aber los!«

Im Laufschritt durchqueren die drei eine Passage und stehen bald mitten in einer großen, bereits ungeduldig drängelnden Menschenmasse am Fährhafen. Bauer bleibt einen Moment stehen, um die Lage abzuschätzen.

»Kinderkarussell, Pommes und Bonbonstand. Na toll.

---

26 Die alte Karre …

Wozu habe ich mich eigentlich so aufgestylt?« mault jemand hinter ihm.

»Das ist ein Kinderfest, Charly. Du wirst schon noch auf deine Kosten kommen.«

Der Kommissar schlängelt sich durch die wartende Menge und schaut direkt in das eine oder andere Gesicht. Seine Chefin und ihre Tochter folgen ihm mühsam.

»Paule!« ruft jemand und fuchtelt mit den Armen. »Paule, hier!«

»Hi, Alter. Wie geht's?«

»Wie wohl, wenn alle davon redet, dass der Seehas um'bracht worden isch! Was meinsch, warum des Jahr hier so viel los isch, wie scho lang nimme? Die zwoi Sonderzüg wared voll!!! Und Busse a Mass sind au eintroffe. Koi Wunder, nach der üble Presse von heut Morge. Zum Glück weiß i's besser. Aber, was isch an der Gschicht wirklich dran? Will uns da einer an Karre na fahre?«[27]

»A wa!«[28] Kriminalhauptkommissar Bauer wischt sich eine lästige Wespe aus dem Gesicht.

»Wenn du des sagsch.[29] Trotzdem, ganz schö heavy, so a Leich, wenn au äußerst werbewirksam! Aber willsch mir jetzt nicht mal deine neue Familie vorstellen? Hallo, die Damen!« Zwei freche Augen mustern Bauers Begleitung. »Ich bin der Markus, mitverantwortlich für den rei-

---

27 Wie wohl, wenn alle davon reden, dass der Seehas umgebracht wurde. Was meinst du, warum dieses Jahr hier so viel los ist, wie schon lange nicht mehr? Die zwei Sonderzüge waren vielleicht voll! Und massenhaft Busse sind auch eingetroffen. Kein Wunder, nach der üblen Presse von heute morgen. Zum Glück weiß ich es besser. Aber was ist an der Geschichte wirklich dran? Will uns da einer reinlegen?

28 - Ach was! (..)

29 Wenn du es sagst. Trotzdem, ganz schön heavy, so eine Leiche …

bungslosen Ablauf beim Fäscht. Und wer seid ihr zwei Schönheiten?«

Er wird unwirsch unterbrochen: »Dummgschwätz![30] Aber du bisch genau der, den ich treffen wollt. Du kennst doch den alten Kramer.«

»D Herbert? Ja, aber i mag ihn it bsonders. Warum fragsch?«

»Des isch jetzt egal. Was kannst du mir über ihn sagen?«

»Oha, du bisch im Dienscht!? Hat des mit dem Spinner z due? Komisch, i hab den heut noch gar it gsäe.«[31]

In diesem Moment ertönt ein jenseits Knall. Rose und Charly zucken zusammen und ducken sich instinktiv.

Markus muss lachen. »Da munt[32] ihr euch nix denke, s kommet no zwoi.«

Der zweite Kanonenschuss folgt.

»Mama, wo sind wir hier gelandet?«

»Ich bin mir nicht sicher.«

Der dritte Schlag lässt nicht auf sich warten und Fanfaren erklingen plötzlich von der Seeseite. Vorsichtig schweifen die Augen von Rose und Charly in diese Richtung. Ein prächtig geschmückter weißer Dampfer, gefolgt von zwei anderen, läuft in den Hafen ein. Nicht nur Kinderrufe sind zu hören, auch Erwachsene schreien wie von Sinnen: »Der Seehas kommt!!!«

Andere wiederum stimmen gegen die Klänge der Fanfaren, die auf der Flotte ertönen, ein Lied an: »Seehas ist da! Hurra! Hurra!«

---

30 Dummes Zeug!

31 Oha, du bist im Dienst? Hat das mit dem Spinner zu tun? Komisch, ich hab den heute noch gar nicht gesehen.

32 Da müsst ihr keine Angst haben, es kommen noch zwei.

Charly brüllt ihrer Mutter in die Ohren: »Da auf dem vorderen Schiff, da steht einer und winkt! Der sieht aus wie eins von Opas Karnickel, nur viel größer.«

Rose sieht ihn auch. Aber nicht eins von Opas Karnickeln, die Leiche von gestern Abend geht ihr durch den Kopf.

Bauer hat sich entfernt. Er unterhält sich kurz mit einem gleichaltrigen Mann, knutscht heftig eine dralle Blondine und spricht dann mit einem Penner, der einen mit Krimskrams befüllten Einkaufswagen vor sich her schiebt.

Inzwischen stellen sich die Menschen rechts und links der Straße auf. Der Seehasen-Fanfarenzug stimmt ein mächtiges Getrommel an.

Von Fahnenschwingern flankiert, schreitet ein Mann lächelnd und winkend an den Zuschauern vorbei. Er trägt das Kostüm eines Toten.

»Ihr geht am besten an der Promenade entlang. Wir treffen uns später, ich find euch schon,« ruft Bauer Rose zu.

Dann zieht er singend – »er kommt vom blauen Bodensee und bringt uns heut den Hasenklee« – und ebenfalls winkend direkt neben dem großen Hasen Richtung Altstadt davon, die dralle Blonde im Arm.

Auf dem Platz vor dem Rathaus stehen die Menschen dicht gedrängt. Kinder hüpfen auf der Stelle, machen große erwartungsvolle Augen und sehen dann doch nur ein paar lange Ohren, als der Zug eintrifft. Die Fanfarenzüge gruppieren sich auf den weitläufigen Treppen. Ihre Federn wippen an den Hüten, die Trompeten blasen, die Fahnen schwingen. Dann sind die versammelten Erstklässler, die gleich ihren Hasenklee bekommen sollen, nicht mehr zu halten.

»Seehas!!!« schreien sie aus lauter Kehle. »Seehas!!!«

»Es könnte ein Attentat auf den Seehas geplant sein.«

Bauer weist sich aus und tritt hinter das Langohr auf den Balkon des Rathauses.

Der Eindruck von hier oben ist gigantisch. Die Fanfarenzüge spielen um die Wette. Hunderte von kleinen Kindern, alle mit Hasenohren bekleidet, jubeln, singen das Hasenlied. Dann spricht der Oberbürgermeister, endlich der Seehas, und Bauer beobachtet. Das Gedränge ist groß. Doch er kann nichts Verdächtiges ausmachen. Am Ende verlassen sie den Balkon, das Spektakel löst sich auf, und man steht gemeinsam auf dem Flur.

»Gibt es denn Hinweise, dass jemand mir ans Fell will?«

»Na ja. Gestern Abend hat irgendeiner dir ein Messer in den Rücken gerammt.«

»Gestern? Der kennt sich aber nicht gut aus mit unserm Brauch.«

»Nein. Aber es könnte auch eine Art Drohung gewesen sein.«

»Verstehe, Herr Hauptkommissar. Ich muss jetzt trotzdem los. Die Pflicht ruft! Ade!«

Der sympathische, junge Mann im Häs[33] reicht Bauer die Hand und verlässt ihn eilig in Richtung Toiletten.

»Noch ein Fanatiker«, grinst Bauer, lässt es aber augenblicklich, als der Oberbürgermeister sich zu ihm umdreht.

---

33 Verkleidung, Kostüm

»Was treffen Sie für Vorkehrungen? Er hat Termine! Heut Abend das Feuerwerk, morgen der große Umzug. Und die vielen Menschen!!! Die Gäste, die Touristen! Es wird doch wohl hoffentlich nichts Politisches sein?«

»Herr Bürgermeister, keine Sorge. Wir haben die Sache im Griff.

Der Seehas steht pausenlos unter Polizeischutz. Höchste Sicherheitsstufe. Wir ermitteln in alle Richtungen, und nichts deutet bisher auf einen Anschlag hin.«

»Also gibt es keine Drohbriefe oder derartiges? Ich bin trotzdem beunruhigt.«

»Nein, nein. Und was das Fest betrifft: Großeinsatz, aber unauffällig. Da geht alles okay, keine Sorge.«

›Das wäre ja auch noch schöner‹, denkt Bauer grimmig. ›Da bin ICH Fanatiker‹.

»Hasenklee?! Ganz schön dreist.«

Verärgert hat Rose ihrem Kollegen hinterher gestarrt. Als sie sich abwendet, bleibt ihr Blick auf dem glitzernden Wasser hängen. Na gut, das wird sie später klären. Jetzt ist erst mal Charly wichtig!

Der Trubel um sie herum hat sich etwas beruhigt.

»Ich könnte jetzt einen Cappuccino vertragen und du doch sicher ein Eis.«

»Und ne Cola! Schnell, da wird ein Tisch frei!«

Es dauert, bis der Kellner endlich kommt, aber Charly hat so viel zu gaffen, dass ihr nicht langweilig wird.

»Hast du den Dicken mit der kurzen Hose gesehen? Da, da, Mama. Dem fällt gleich der Arsch raus. Horror!!«

»Charlotte!«

»Was?!« Charly kichert schon wieder. »Und schau mal

unauffällig nach links, da kommt Lady Gaga. Die Tussi in dem gestreiften Kleid, ja die.«

Jetzt zeigt sie sogar mit dem Finger auf die Frau.

»Kind, das macht man nicht!« Aber Roses Kopf schnellt automatisch herum. »Na ja, die sieht wirklich aus wie der Storch im Salat!« Jetzt muss sie selber lachen. »Aber nur, weil man auf so hochhackigen Schuhen kaum laufen kann. Sollte ihr bei Gelegenheit doch mal jemand sagen.«

Im Nullkommanichts hat Charly einen riesigen Schokobecher verputzt.

»Puh, ich kann nicht mehr.«

Die Julisonne scheint unerbittlich auf die beiden herab. Rose spürt, wie sie müde wird.

Ihre Tochter saugt und bläst abwechselnd durch den Strohhalm ins Glas. Die Cola färbt sich eigenartig trüb.

»Bah, hör auf, das ist eklig! Lass uns gehen.«

Mutter und Tochter schlendern langsam weiter über die Uferstraße, wo sich Straßencafés und Verkaufsstände aneinanderreihen.

»Mama, deine Nase ist rot.«

»Deine auch.«

»Echt?« Charly befühlt ihr heißes Gesicht. »Lästern die jetzt auch über uns?«

»Was meinst du wohl?«

Plötzlich wird es wieder eng. Eine Absperrung.

»Haben Sie schon ein Abzeichen?«

»Genügt das?«

»'n Polizeiausweis. Den mach i Ihne in zehn Minute am Computer.«

Der braun gebrannte, gut aussehende Junge vom DLRG hat zwar nur Blicke für Charly, hält aber weiterhin zwei Festabzeichen in Roses Richtung.

»Frau Kollegin, kann ich helfen? Sie waren doch gestern Nacht am Tatort, als man den Toten gefunden hat. Sie sind sicher hier, um zu ermitteln.«

Charly und der Junge bekommen große Augen. Rose nickt und starrt einen Moment zu lang auf den ebenfalls braun gebrannten, gut aussehenden Beamten in der schicken Uniform der Wasserschutzpolizei.

»Ja, Sie haben es erfasst.«

»Mein Sohn ist manchmal etwas nassforsch, wenn Sie verstehen, was ich meine. Peter, lass die Kommissarin durch, und ihre hübsche Begleitung natürlich auch.«

»Und das ist ein Kollege von Dir?!!« flüstert Charly ihrer Mutter ins Ohr. »Der sieht aus wie einer aus Baywatch!«

»Sein Sohn ja wohl auch.«

»Na dann nichts wie weg hier!«

Kichernd flüchten die beiden, doch schon beim nächsten Verkaufsstand bleibt Charly wieder stehen.

»Wow, die Hüte gab's in Köln auf dem Flohmarkt.«

»Jetzt tu bitte nicht so, als wären wir in der hintersten Provinz gelandet! Ich versuche, uns hier ein neues Zuhause aufzubauen.«

»Sorry, Mama, aber... Wir haben kaum noch miteinander gelacht, seit Papa und Moritz nicht mehr da sind. Lass dich doch ein bisschen foppen.«

Plötzlich johlen und applaudieren die Leute. Eine Menschenkette, die Hände jeweils auf die Schultern des Vordermannes gelegt, läuft im Gänsemarsch durch eine Gasse von Schaulustigen.

»Ein Hut, ein Stock, ein Re-gen-schirm, vorwärts, rückwärts ...«

»Was geht denn jetzt wieder ab? Guck doch, Mama. Die sind ja geil, aber was soll das sein?«

»Ein Straßentheater vielleicht, den abenteuerlichen Verkleidungen nach zu urteilen?«

»Die sind ja barfuß und haben nur Badehosen unter den Kostümen an!«

Charly ist begeistert. Bevor Rose noch erforschen kann, bei welcher Gestalt ihre Tochter dieses letzte Detail entdeckt haben könnte, sieht sie ihren Kollegen, der sich gerade aus der Polonaise löst. Sein Hintermann schließt auf, Bauer sieht zufrieden aus.

»Ich wusste doch, dass ich euch finde.«

»Hi, Paule! Ich weiß Bescheid, wir ermitteln«, zwinkert Charly ihm zu.

»Kluges Mädchen! Ich geh aber jetzt ins Präsidium, noch ein paar Sachen regeln, und ihr beiden habt frei. Offiziell arbeitet deine Mutter nämlich erst ab Montag. Und das Fischerstechen fängt gleich an. Ein Heidenspaß, kann ich nur sagen. Oder schaut euch die Stadt an. Besser noch, nehmt ein Tretboot. Vom Wasser aus ist die Stadt eh am schönsten. Geradezu romantisch! Und das Wetter ist ideal dafür.«

»Igitt, Sightseeing! Aber als Otto mich abgeholt hat, ist er extra am Rummelplatz vorbeigefahren. Da stehen ein paar klasse Teile. Mama, wie wär's?«

»Soweit kommt's noch. Du weißt doch, dass ich ohne Spucktüte noch nicht mal Kurven auf ebener Erde ertrage. Und ein wackliges Boot ist auch nichts für mich. Aber dein Rucksack liegt unausgepackt im Flur und die eine oder andere Kiste wäre auch noch zu sichten.

Es könnten sich lebenswichtige Dinge darin befinden …«

»Das ist nicht dein Ernst!!! Wir haben seit Jahren nichts Richtiges mehr zusammen unternommen. Immer nur du mit deiner Arbeit und Oma mit mir. Außerdem wackeln Boote nicht, sie schaukeln.«

»Zieh nicht gleich wieder so ein Gesicht!«

»Mädels, ihr werdet euch schon einig. Ihr seid ja schließlich erwachsen. Ich muss jetzt los. Hier. Das sind zwei Startnummern fürs Entenrennen. Anpfiff ist um 19 Uhr vor der Freitreppe. Tausende von gelben Monstern kämpfen unerbittlich um den Sieg, doch es kann nur EINE geben …!« Bauers letzte Worte klingen heroisch, doch dann fügt er mit leidender Mine hinzu: »Wenn ich meine anfeuere, landet sie grundsätzlich am andern Ufer des Sees. Dabei bin ich doch so ein Sensibele[34]!« Und schon schnellen seine Mundwinkel wieder nach oben. »Hinterher treffen wir uns an der Musikmuschel!«

Wenige Meter entfernt wartet die dralle Blonde. Sie nickt ihr zu, als Rose sie entdeckt.

Eine große runde Abendsonne hängt tief über dem See und beleuchtet die vom Volk belagerte Promenade.

»Da drüben ist er doch. Komm, Mama. Äh, du hast noch Senf im Mundwinkel, mach das weg. – Hier sind wir!« ruft Charly und winkt Bauer zu. »Haben Sie …«

»Du!«

»Hast du schon gewartet? War echt supi, das Fischerstechen. Wie die in den lustigen Klamotten auf den Boo-

34 empfindsamer Mensch

ten standen und einer ist immer baden gegangen! Wir haben uns auch ein riesen Eis und ne Menge Lose gekauft und eine Bratwurst gegessen.«

»Nicht zu übersehen. Hallo!«

Statt einer Antwort wischt sich Rose hektisch noch einmal über den Mund. Paul Bauer wendet sich grinsend wieder ihrer Tochter zu.

»Freut mich, dass es dir hier gefällt. Und was ist aus den Enten geworden?«

Kleinlaut gesteht Charly: »Jemand hat gelacht und Bregenz gesagt?«

»Au weia. Aber was soll's. Noch was. Es ist üblich, dass die Kinder Hasengeld bekommen, für den Rummelplatz und so.«

»Schon kapiert, ihr wollt mich los sein.« Rasch schiebt sie den Geldschein in die Hosentasche. »Für zwanzig Euro darfst du öfter Mal Kind zu mir sagen, Paule. Kann ich meine Giraffe bei euch lassen? Danke. Ciao.«

Weg ist sie.

»Die hat Klasse. Kein Wunder, bei der Mutter! Es gibt übrigens Neuigkeiten.«

Nebeneinander gehen sie auf der Uferstraße weiter. Hauptkommissarin Gebhard drückt die rosafarbene Giraffe enger an sich: nach all den Hasen- und Entenschicksalen!

»Ist die Blonde Ihre Tarnung, Herr Bauer, um undercover nicht aufzufliegen?«

»Eifersüchtig?«

Dieses unverschämte Grinsen! Rose spürt einen Stich in der Magengegend. ›Was der sich einbildet! Macho, Kleinstadt-Casanova! Ach egal. Nicht dein Niveau.‹

»Sie sprachen eben von Neuigkeiten.«

Es klingt schroff. Doch der Kollege trabt weiter ganz lässig neben ihr her.

»Auf dem Rathausplatz waren viele Einheimische. Nur, keiner wollte sich direkt über unseren Lateinlehrer äußern. Irgendwas stinkt da. Aber was? Da muss ich dem einen oder andern wohl noch ein bissle auf die Zehen treten. Aber der Penner, den ich am Anleger getroffen hab, der hat im Suff einen großen Hasen die Rotach entlang rennen sehen.«

»Rotach? Ist das ein Fluss?«

»Eher ein Flüssle, ein Bach.«

»Da sitzt also ein Zeuge an diesem Bach, im Suff, und sieht weiße Hasen vorüberlaufen. Ist das glaubwürdig?«

»Jedenfalls hat er dort seit ein paar Tagen sein Plätzle zum Übernachten. Und Suff ist relativ. Er glaubte, ihn tritt ein Pferd, als der vermeintliche Seehas an ihm vorbei geschossen kam.«

»Wo genau verläuft die Rotach?«

»Östlich der Innenstadt. Tja, sie mündet zwar in den See, aber nicht in der Nähe vom Tatort.«

»Also ist es Geschwafel von einem Penner, der auch Hasengeld haben wollte. Hat er doch bekommen, nicht wahr?«

»Ja. Und er ist unsre erste und einzige Spur.«

Die Hauptkommissare setzen sich gegenüber an einen Biertisch, nicht direkt am Eingang, aber doch so, dass sie jeden sehen zu können, der vorbei kommt.

»Strategisch genau richtig. Jetzt hol ich uns was zu essen, und Sie bestellen schon mal zwei große Bier.«

»Wir sind im Dienst, Herr Bauer.«

»Eben, muss aber nicht gleich jeder merken.«

Es gibt Spanferkel mit Kartoffelsalat, jeder hat ein Radler vor sich stehen. So getarnt beobachten sie das Treiben auf der Promenade.

»Schön hier. Trotz des Trubels irgendwie friedlich. Die alten Bäume, der große blaue See, die weißen Segel. Da drüben ist die Schweiz, nicht wahr? Ich habe mir das auf der Karte angesehen.«

Rose blickt versonnen über die breite Uferstraße. ›Nicht einmal die Möwen auf der alten Reling da fühlen sich gestört.‹ Jäh wird sie aus ihren Gedanken gerissen.

»Hab ihn schon! Hallo Herr Kramer! Hier simmer[35]!«

Patrik Kramer tritt an den Lattenzaun.

»Außer Dienscht, was? Oder isch Alkohol jetzt erlaubt bei der Polizei. Dann tret i dem Verein sofort bei.«

»Tun Sie des und setzet Sie sich zu uns, ich hab noch ein paar Biermärkle übrig.«

Während Kramer sich seinen Weg bahnt, winkt Bauer dem Kellner und bemerkt nur: »Klappt doch mit dem Undercover. Und noch besser ist, wenn wir uns duzen.«

»I bin so frei, Frau Hauptkommissarin. I setz mi jetzt oifach näbe Sie.«

Mit dem Bier, das soeben vor ihn hingestellt wird, prostet der Mann in beide Richtungen, dann trinkt er ohne abzusetzen die Hälfte davon aus und wischt sich den Mund mit dem Hemdsärmel. »Des zischt!« Ein lang gezogener Rülpser folgt.

»Wie Sie heut Morge bei meiner Mutter waret, konnt i it so rede. Mei Vater war e Viech. Niemand hat ihn ver-

35 sind wir

butze[36] könne. Jetzt isch er tot, und gut isch es.« Er setzt das Glas an und leert es in einem Zug.

»Rosi, du ischt ja gar nix. Schmeckt's it?«

Die Hauptkommissarin erschrickt kurz.

»Doch, äh, Paule.«

Sie schiebt sich eine Riesenportion Kartoffelsalat in den Mund, um erst mal Zeit zu gewinnen. Vor Patrik Kramer steht inzwischen das zweite Bier.

»Prost, Herr Kramer!« Das Radler steigt Rose schon in den Kopf. Die Giraffe fest im Arm fragt sie: »Hatte Ihr Vater eigentlich Feinde?«

»Na, wenn Se des wirklich wisse wollet. Viele. Mei ganze Schulklass zum Beispiel. Er war en Sauhundlehrer und als Vater ein Versager, auf der ganze Linie. Nix wie Prügel hat's gäbe, wenn oiner au bloß gmuckt[37] hat. Mei Bruder Hansi isch vor viele Jahr verschwunde. Koiner woiß, wo na. D Mutter hat sich d Auge ausgheult. Aber s hat ihn it interessiert. Weg isch weg, der Taugenichts.«

In diesem Moment beginnt die Kapelle Schunkelmusik zu spielen. Der Mann hakt sich bei Rose unter und singt das Lied lauthals mit. Bauer gibt ihr einen Wink und sie fügt sich ins Unvermeidliche. Der Text ist nicht schwer und so sieht sich Kriminalhauptkommissarin Rosemarie Gebhard mitten in der Menge der Festgäste am Arm eines jüngeren Mannes feiern und singen. Plötzlich springt Bauer auf und verschwindet.

---

36 Als Sie heute morgen bei meiner Mutter waren, konnte ich nicht so reden. Mein Vater war ein Vieh. Niemand hat ihn leiden können. Jetzt ist er tot, und gut ist.

37 … wenn einer sich bloß gerührt hat. Mein Bruder Hansi ist vor vielen Jahren verschwunden. Keiner weiß, wohin. (..) Die Mutter hat sich die Augen ausgeheult. Aber es hat ihn nicht interessiert.

»Alkohol ist sie nicht gewöhnt, und der Kerl da, will der was von ihr?«

»Charlotte, wir sind im Dienst!!!«

»Auweia. Jetzt nennst du mich auch schon so.«

»Deine Mutter ist gut.«

»Das weiß ich ja wohl am besten!«

»Wie lange hast du normalerweise Ausgang?«

»Na, ich bin fast vierzehn! Bis zwölf natürlich.«

»Um halb elf bist du im Bett. Das ist ein Befehl. Hier hast du noch einen Zehner. Amüsier dich, und wehe ...«

»Schon gut, Paule, aber was ist mit dem Feuerwerk?«

»Das Feuerwerk? Tut mir leid, aber in dem Alter nur in Begleitung Erwachsener. Außerdem kannst du das von eurer Wohnung aus besser sehen als hier unter den Bäumen. Dann gehst du halt danach ins Bett. Hosch mi?«[38]

»Ja okay. Nur euer komischer Dialekt macht mich ganz verrückt. Ein Junge vorhin hat Schnuckele zu mir gesagt!«

»Rausch ab!«

Vier Tische weiter taucht Bauer wieder auf, begrüßt ausgelassen ein paar Leute, tanzt eng umschlungen mit einer überaus attraktiven Rothaarigen, kehrt zufrieden schnaufend zurück und lässt sich neben Patrik plumpsen.

»Paule, da bist du ja!« Rose wirft sich gekonnt eine blonde Strähne aus dem Gesicht. »Stell dir vor, Patrik und ich haben Brüderschaft getrunken.«

›Jetzt nur nichts vermasseln‹, denkt Bauer. ›Vielleicht plaudert Rosis neuer Freund ja noch was aus.‹

---

38 (Hast du mich) verstanden?

Er geht in die Offensive. »Gibt's hier no was zum Saufen? Hallo, bringsch mir no oins!? Und die zwoi hond au fascht nix mehr.«[39] Er zückt den Geldbeutel und legt sich maulend mit dem Kellner an. »Des sollet gut ei'gschenkte Gläser sei? Wo isch dein Chef.«

»Bei euch gfallt's mir! Braut, verlass mi it, i verschwind nur schnell für Königstiger. Bin glei wieder da.«[40]

Patrik Kramer geht grölend und die Arme schwingend zum Klo. »I will hoim nach Fürstenfeld!« …

»Herr Bauer! Was mach ich hier?«

»Frau Gebhard, isch was?«

»Huch, Sie sind ja plötzlich so nüchtern und förmlich. Dann kommt's dicke, würde Charly sagen.« – ›Ich hab doch tatsächlich einen Schwips!‹

»Charly ist zu Hause und wir haben einen Job zu erledigen. Im Übrigen duzen wir uns, schon vergessen?«

»Was haben Sie mit meiner Tochter gemacht?«

»Ihr hundert Euro in die Hand gedrückt und zum Abfäschte[41] gschickt. Was möchtest du lieber glauben?«

»Ist sie wirklich freiwillig …?«

Erleichtert lehnt Rose sich zurück. Hinter ihr sitzt zum Glück eine dicke Frau, sonst wäre sie unter den Tisch gefallen.

»Wie hast du das angestellt?«

»I hab mei Hos runter lasse, alles andre …«

»Oh, Patrik, du bist wieder da. Jetzt muss ich auch mal auf die Toilette. Passt ihr auf Miss Piggy auf?«

---

39 Gibt's hier noch was zu trinken? Hallo! Bringst du mir noch eins?!Und die beiden haben auch fast nichts mehr.

40 Bei euch gefällt's mir. Braut, verlass mich nicht, ich verschwinde nur schnell auf die Toilette. Bin gleich wieder da.

41 zum Feiern geschickt

»Lass mi it so lang alloi, Baby! Weiber. Hasch no a Märkle?«[42]

»Logo.«

Die Männer stoßen auf das Leben an, auf die schönen Frauen, die vorbeigehen, und auf die, die immer so ewig auf dem Klo brauchen.

»Du hasch gsagt, dein Vater konnt koiner leide. Warum des?«

»Lass mi doch endlich mit dem Idiot in Ruh.«

»Und was i au it versteh, was hat er mit dem Seehas am Hut ghabt?!«

»Maßlos untertriebe. Er wollt der sei! Außerdem hat er an de Mädle in der Schul rumgmacht.«

»So ebbes!«[43]

»Der isch immer so gwäse und alle hons gwisst. I war no z kloi. Damals hon i it kapiert, warum mir als Kinder verlacht worde sind. Mein Bruder scho! Und dann hat er den Hansi deswäge oimal jesesmäßig verhaue.«

»Männergespräche? Kann ich noch ein Radler haben, und meine Giraffe bitte?«

Eine innere Stimme fordert Hauptkommissarin Gebhard dringend auf, sich an etwas festzuhalten. Bauer drückt ihr schmunzelnd das Stofftier in die Hand. Kramer strahlt.

---

42 Lass mich nicht so lang allein (..) Hast du noch eine Biermarke?

43 – Du hast gesagt, deinen Vater konnte keiner leiden. Warum? (..)

– Und was ich auch nicht verstehe, was hatte er mit dem Seehas am Hut?

Maßlos untertrieben. Er wollte der sein! Außerdem hat er an den Mädchen in der Schule rumgefummelt.

Sowas!

Der war immer so, und alle wussten davon. Ich war noch zu klein. Damals hab ich nicht kapiert, warum wir als Kinder ausgelacht wurden. Mein Bruder schon. Und dann hat er den Hansi einmal deswegen furchtbar verhauen.

»Die schöne Frau isch wieder da. Setz di her und mach mit, den Song kennsch doch beschtimmt.«

Während Rose die rosa Giraffe zu ›I see a bad moon rising‹ halsbrecherisch hin und her schwingt, steht Bauer auf und verschwindet mal wieder. Spurlos.

Charly steht mit Tränen in den Augen am offenen Fenster. In den Händen hält sie den Bilderrahmen mit dem Foto ihres Vaters, der den kleinen Moritz auf den Armen trägt.

»Seht mal, Feuerwerk. Das nimmt ja gar kein Ende mehr. Wahnsinn! Und die vielen bunten Lampions auf dem dunklen See. Das müssen Boote sein. Von hier aus hat man wirklich eine schöne Aussicht. Tipp vom Paule. Wer Paule ist? Klar, ihr kennt ihn ja nicht. Der ist schwer in Ordnung. Unser neues Zuhause übrigens auch.« Sie schwenkt das Foto in Richtung Wohnzimmer. »Fast. Heute muss ich wohl auf dem Sofa schlafen. So was wie mein Zimmer gibt's noch gar nicht. Alles noch in Kisten. Mama hat aber auch kein richtiges Bett für heute Nacht.«

In eine Wolldecke gehüllt, den Bilderrahmen im Arm, schläft Charly wie ein Murmeltier. Bis es irgendwann Sturm klingelt.

Patrik Kramer hält den Kopf unter den Wasserhahn. Dann schüttelt er sein nasses Haar und streicht es aus der Stirn. Im Spiegel erscheint ein Lachen auf seinem Gesicht.

»Der Alte isch weg[44] und du wirsch immer besser. S hat

---

44 Der Alte ist weg, und du wirst immer besser. Es hat zwar gedauert, aber die Weiber stehen jetzt endlich auf dich. Zu schade, dass sie heute so schnell gegangen ist, aber beim nächsten Date knack ich die Alte, ob Polizistin oder nicht. Vielleicht schon morgen. Es kann jetzt nur noch aufwärts gehen mit dir. Hoppla, hier geht's aber steil abwärts.

zwar dauert, aber d Weiber stehet jetzt endlich auf dich. Grad schad, dass die so schnell weg isch, aber beim nägschte Date knack i die Alte, Bulle oder it! Vielleicht scho morge. S kann blos no aufwärts gange mit dir! Hoppla, da goht's aber steil abi.« Beinahe wäre er die Stufen des Toilettenwagens hinuntergestürzt.

Er torkelt den leicht ansteigenden Weg zur Hauptstraße hinauf und rempelt mit einer Gruppe Rocker zusammen, die sich lautstark das Feuerwerk ansehen.

»Pass doch auf, du besoffenes Arschloch! Mach bloß, dass du Land gewinnst.«

»Alles klar. I gang ja scho hoim. Morge, morge isch mein Tag, ganz gwies!« [45]

Er kommt an einem kleinen Pavillon vorbei, wo ein Pärchen im Schutz der Dunkelheit knutscht.

»Ja, so isch's recht. Und lass die Kloine bloß it aus. Pack se dir!«[46]

Da löst sich die Frau aus der Umarmung und läuft davon.

»Nix für ungut, c'est la vie!« ruft Kramer dem zurückgebliebenen Schatten zu.

---

45 Ich geh ja schon heim. Morgen, morgen ist mein Tag, ganz bestimmt.

46 Ja, so ist's recht. Und lass die Kleine bloß nicht los. Nimm sie dir!

SONNTAG

Jetzt schwätscht du au so

»Mama. Mama, aufstehen!«

»Charly, es ist Sonntag.«

»Ja, eben.«

»Was?«

»Na los, schwing die Hufe. Kaffee ist fertig.«

Als Rose aus dem Badezimmer in die Küche kommt, bleibt sie verlegen im Türrahmen stehen.

»Wie kommt Miss Piggy, ich meine ...«

»Otto hat euch beide nach Hause gebracht. Du hast ihm noch ein Küsschen zum Abschied gegeben.«

»Sag, dass das nicht wahr ist!«

»Der ist mir jedenfalls lieber als der Typ von gestern Abend, woisch[47].«

»Ich kann mich nicht erinnern ... Wie redest du überhaupt?«

»Häflerisch[48]. Rosa ist außerdem eine dämliche Farbe für eine Giraffe. Und jetzt beeil dich, wir haben eine Verabredung. Aspirin liegt auf dem Tisch.«

Rose schließt eben die Tür ab, als ihr ein verbeultes, blechernes Schild auffällt, das direkt neben ihrer Wohnung an einem Haken hängt.

»Kehrwoche. Davon steht aber nichts im Mietvertrag.

---

47 weißt du

48 Friedrichshafener Dialekt

Dass es so was noch gibt?! Fängt ja gut an«, brummt sie verwundert.

Charly kichert. »Hast wohl das Kleingedruckte nicht gelesen? Typisch meine Mutter, jagt Mörder und putzt dann für andere Leute die Treppe! Na ja, jetzt wissen wir wenigstens, dass es in diesem Haus nicht auch so einen alten Besen wie in Köln gibt, mit der sich Oma immer in den Haaren lag.« Dann hüpft sie fröhlich die Treppe hinunter.

»Du wirst dich noch umschauen, Fräulein!« Rose hastet ihrer Tochter hinterher. »Du willst erwachsen sein?! Ha, dann beweis es. Wir werden uns schön abwechseln. Und was unsere ehemalige Hausmeisterin betrifft, ich kam gut mit ihr aus.«

›Hing das Schild denn gestern auch schon da?‹ Sie kann sich nicht erinnern.

Charly hält ungeduldig wartend die Haustür auf. »Ja, ja. Was war denn mit deinem Fahrrad, das angeblich immer im Weg stand, oder ...«

Sie geht rasch auf dem Bürgersteig voraus und streckt einen Finger nach dem anderen hoch. »Das Theater mit dem Müll, den wir nie richtig getrennt haben. Omas Katze. Viel zu laute Musik aus meinem Zimmer. Weiß der Geier, die Alte muss unter meinem Bett gelegen haben! Und ... ah ja, das Poster von Greenpeace mussten wir auch augenblicklich wieder von der Wohnungstür entfernen. Terroristen in ihrem Haus hat sie nicht geduldet!«

»War das so? Hab ich ganz vergessen.« Rose ignoriert beim Überqueren der Straße einen hupenden Autofahrer, der ihr den Vogel zeigt. »Wohin ...«

»Es ist nicht weit und frische Luft ist bestimmt gut gegen deinen Kater, Mama.«

»Ich habe keinen Kater! Also?«

»Zuerst hören wir uns das Standkonzert der Fanfarenzüge an. Soll klasse sein. Dann hab ich ein Date mit Peter und du triffst dich mit Jo.«

»Peter? Jo? Hab ich was verpasst?« Unsicher stolpert Rose hinter ihrer Tochter her. »Du hast dich ganz schön aufgebrezelt. Ich kann mich schwach erinnern, dass das zu meiner Zeit … Ach ja, mir schwebt da ein Junge aus Baywatch vor. Und wer ist überhaupt dieser Jo?«

»Du bist doch die Polizei. Ich bin ein Mädchen im besten Alter und lass mich überraschen. Obelix ist einer der Favoriten!« berichtet Charly stolz.

»Verarsch mich nicht. Obelix kenn ich. So heißt doch niemand wirklich. Warum rennen wir eigentlich so?«

»Wir rennen nicht, ich will nur nicht zu spät kommen. Das macht keinen guten Eindruck.«

»Der Vater von Peter hat was über nassforsche Kinder gesagt.«

»Setz lieber deine Sonnenbrille auf, Mama. Du siehst furchtbar aus. Muss ja nicht gleich jeder sehen, dass du gestern versumpft bist.«

»Meine Tochter, der Charme in Person!«

Wieder Menschenmengen, und der Lärm! Fanfaren sind ja was Tolles, aber nicht, so lange das Aspirin noch gegen das Hämmern im Kopf ankämpft.

»Guten Morgen Frau Gebhard. Immer im Dienst, wie? Gestern Nacht noch auf Tischen tanzen und jetzt schon wieder fit!« schreit ihr jemand ins Ohr.

»Mir geht's gut, danke, Herr …« schreit Rose zurück.

›Unverschämter Mensch. Aber die Uniform steht ihm wirklich gut.‹

»Bär, Thomas Bär. Unsere Kinder haben sich gestern Abend angefreundet.« Er tippt leger mit dem Zeigefinger an den Schirmrand seiner Mütze.

Charlys Augen scannen die Umgebung.

»Du suchst Peter umsonst, er ist nicht hier. Aber ihr seid ja nachher verabredet. Er hat erzählt, ihr wollt auf den See rudern und am Nachmittag feuerst du ihn beim Fischerstechen an?«

Sie wird ein wenig rot, hat sich aber gleich wieder im Griff. »Als Obelix soll er mega sein. Angeber!«

›Kombiniere: Fischerstechen, Obelix, Peter. Ich funktioniere wieder, ein Hoch auf die Pharmazie! Bleibt nur noch dieser Jo zu klären.‹

Während der schneidige Bär sich entschuldigend wegdreht, weil sein Handy klingelt, raunt Rose ihrer Tochter zu.

»Charly, wo und warum treffe ich mich mit einem wildfremden Mann?«

»Ja, hallo? Was ist mit der Hafenapotheke? – Ach so«, schreit Bär. »Geh selber! Bei mir wird's spät. « Er zuckt gleichgültig die Schultern. »Meine Frau, eins der Kinder hat Fieber.«

Ein befremdeter Blick von Rose streift ihn kurz, sie wartet auf Charlys Antwort.

»Keine Ahnung. Otto hat mir heute Nacht gesagt, der Paule hätt des so ausgmacht.«[49]

»So, hätt er des.«

»Siesch, Mama. Jetzt schwätscht du au so!«

---

49 - (..) der Paule hätte das so ausgemacht.
So, hätte er das.
Siehst du, Mama, jetzt redest du auch so!
Schwäbisch, meinst du?

»Schwäbisch moinsch?«

Lachend laufen sie davon und Bär sieht ihnen verdutzt hinterher.

Außer Atem bleibt Charly stehen.

»Ich hab Seitenstechen.«

»Ich auch. Aber wo muss ich jetzt hin?«

»Otto hat es mir genau beschrieben. Der nimmt mich übrigens richtig ernst, und der Paule auch.«

»Du hast dich ja in mein Team infiltriert! Die sollen MICH ernst nehmen!«

»Ja, ja, Frau Kommissarin, brauchst du noch ein Aspirin, oder können wir weiter?«

»Freches Gör! Ich bin topfit, im Moment jedenfalls. Hauptsache, du gehst nicht zur Kripo.«

»Ich?« Das Mädchen schüttelt sich eine Sekunde angewidert. Dann fährt sie fort: »Also, rechts der Gondelhafen, Otto hat gemeint, des passt. Von hier aus sollst du links, da nach oben, ein paar Meter in die Anlagen. Dort bauen die jedes Jahr zum Fäscht den ›Saftladen‹ hin. Übrigens DIE Insiderbar. Ich muss das heut Abend mal testen.«

»Ich warne dich!«

»Mama, entspann dich. Jo wartet da, du erkennst ihn schon.«

»Charly … danke.«

»Wofür? Und, ich find's gar nicht so übel hier.«

»Ja, heute ist noch das Fest. Aber wenn der Alltag uns einholt?«

»Jetzt bleib locker. Heut isch heut! Viel glernt, gell? Ich muss morgen unbedingt die Oma anrufen! Die wird sich wundern. Also, ich geh jetzt da lang und du dort. See you later, Sissi.«

Kopfschüttelnd schaut Rose ihrer Tochter hinterher. ›Der Rock ist eindeutig zu kurz.‹ Dann wendet sie sich in die andere Richtung.

Niemand da, nur ein vermüllt aussehender Einkaufswagen steht auf der Wiese neben dem Tresen.

»Junge Frau, ein Glas Prosecco zum Einstieg?«

»Nein. Nur Wasser bitte.«

»Danke, dass Sie gekommen sind.« Wie aus dem Nichts ist ein Mann aufgetaucht.

Verwundert streckt ihm Rose die Hand hin. Gestern betrunken, heute schon wieder an einer Bar, noch dazu mit einem fettsträhnigen, unrasierten Penner. Toller Einstand.

»Trinken Sie? Entschuldigung.«

»Eine Cola bitte, wenn es wirklich eine Einladung ist. Ich kann mir die Preise hier nicht leisten.«

»Klar. Können wir noch eine Cola haben?«

Der Barkeeper hat offensichtlich eine lange Nacht hinter sich. Mit dunklen Rändern unter den Augen poliert er seine Gläser.

»Eine Cola. Kommt sofort … I hätt im Bett bleibe solle«, seufzt er und schlurft zum Zapfhahn.

»Sie sind also Jo. Sie wollen mich sprechen?«

»Ja, der Paule hat gesagt, Sie sind die Chefin.«

Bier, Aspirin und der Geruch des Mannes wühlen in Roses Magen.

»Sie sehen blass aus.«

»Es ist nichts.«

»Kommen Sie.«

Jo führt die Kommissarin zu einer Bank im Schatten und besprenkelt ihr Gesicht mit kaltem Wasser, das er ein paar Meter weiter aus einem wunderschön unter alten Bäumen gelegenen Brunnen holt. Der Tuffstein-Soldat in seiner Mitte verbindet sich selbst den Arm, um bald wieder dem Vaterland dienen zu können, während moosgrüne Algen durchs Wasser schlieren und seinen Sockel belagern.

»Geht's wieder?«

Damit er nicht noch zu einer Mund zu Mund Beatmung ansetzt, richtet sich Rose kerzengerade auf. Und erinnert sich: »Ich habe Sie gestern Nachmittag mit meinem Kollegen gesehen.«

»Ja, mit dem Paule. Der meint, Sie glauben mir nicht. Aber ich hab den Alten rennen sehen.«

»Den Alten? Ich dachte, einen Hasen.«

»Meinen Alten!«

Es dauert zwar einen Moment, aber auf einmal bilden die Wörter einen Zusammenhang. Rose zieht ihre rechte Augenbraue hoch.

»Sie sind der Hansi! Jo-Hannes Kramer! Und mein Kollege Bauer hat das gewusst?«

»Nein, bis gestern Abend nicht.«

»Was ist geschehen? Was haben Sie ihm erzählt?«

»Na, dasselbe wie Ihnen gerade: ich habe meinen Alten rennen sehen.«

»Und dann sind Sie ihm natürlich hinterher.«

»Nein!«

»War nur so eine Idee. Wie hat Bauer reagiert?«

»Der Paule und ich sind Schulfreunde. Er hat mich allerdings nicht erkannt. Neue Frisur, anderes Outfit und so weiter.« Beschämt wendet Johannes Kramer sich ab. »Als er mir aber den Schein in die Hand gedrückt hat, konnt ich nicht anders.«

»Sie haben sich geoutet.«

»Ja. Aber wie gesagt, erst gestern Abend bei einem Bier.«

»Wie hat er es aufgenommen?«

»Er war sauer, richtig stinkig. Aber dann hat er mir gesagt: Die Neue glaubt uns das nie.«

Rose muss kurz durchatmen.

»Haben Sie Hunger, Durst? Kann ich sonst wie helfen?«

»Danke. Es wird Zeit, dass ich mich bei meiner Mutter melde.«

»Tun Sie das. Und übrigens, warum sollte ich Ihnen nicht glauben?«

Rose sieht dem Mann traurig hinterher. ›Was muss einem alles passieren, dass alte Freunde einen nicht mehr erkennen?‹

Sie gräbt ihr Handy aus der Hosentasche. Bauer geht sofort dran.

»Ich hab ihn getroffen.«

»Ich weiß, ich beobachte Sie schon eine ganze Weile.«

Erstaunt dreht sie sich um und sieht ihren Kollegen, der an einem der Bäume lehnt.

»Immer für eine Überraschung gut, was?«

»Ich wollte, dass Sie sich selber einen Eindruck von Hansi machen. Wir haben die halbe Nacht geredet. Es gab viel zu erzählen.«

»Deshalb blieben Sie verschwunden!«

»Ich habe den Mann mit dem Einkaufswagen vorbeigehen sehen und wollte ihm bloß ein Bier ausgeben. Dann sah er mir plötzlich direkt in die Augen und hat gebeichtet. Tut mir leid, aber ich dachte, der Patrik ist nicht gefährlich für Sie.«

»Der vielleicht nicht, aber…« Vor Roses Augen schweben mehrere Bierkrüge auf und ab. »Mein armer Kopf!«

Bauer lacht. »Gehen wir was essen, aber nicht hier. Gleich oben an der Straße ist eine hervorragende Pizzeria. Oder wartet Charly? Wir rufen sie an und sagen ihr, wo wir sind.«

»Gott behüte, nein. Meine Tochter wird denken, ich spioniere ihr und Obelix nach.«

»Obelix, so so.«

Bauer grinst von Ohr zu Ohr.

Hinten in der Ecke ist ein ruhiger Tisch frei. Die Hauptkommissare bestellen Pizza und eine große Flasche Mineralwasser.

»Ich platze!«

»Sie haben doch noch gar nichts gegessen.«

»Vor Neugier, Kollege. Das ist doch ein Arbeitsessen, oder?«

»Ich träume eigentlich seit dem ersten Augenblick von einem Rendezvous mit Ihnen! War wohl nix.«

Im Gegensatz zu seinem ironischen Tonfall sind die großen braunen Augen traurig. Rose ist irritiert. ›Was versucht der denn zu überspielen?‹

»Hm. Nicht einfach, einen Freund unter diesen Umständen wieder zu finden, oder?«

Paul Bauer nickt nur.

»Aber was ist passiert? Er macht einen anständigen Eindruck.«

»Der Hansi verschwand vor siebenundzwanzig Jahren nach einem Streit mit seinem Vater. Der muss ihn damals furchtbar verprügelt haben. Er hat sich mit Hilfsjobs über

Wasser gehalten, ist dann zur See gefahren und hat so fast die ganze Welt gesehen. In Südamerika geriet er unter Verdacht, mit Drogen zu handeln, und saß monatelang unter menschenunwürdigen Verhältnissen im Gefängnis. Als seine Unschuld bewiesen war, hat ihm unsere Botschaft ein Rückflugticket nach Deutschland besorgt. Vor einiger Zeit ist er dann hier im süddeutschen Raum aufgetaucht. Aber nach Hause hat er sich nicht getraut, krank und heruntergekommen, wie er ist. Das Gefängnis hat seine Gesundheit ruiniert. Er kann keine geschlossenen Räume mehr ertragen und deshalb auch nicht arbeiten. Das hat ihn zu einem Leben als Landstreicher verdammt. Grotesk, nicht wahr? Unschuldig und doch verurteilt!«

Die Pizza wird serviert, aber keiner hat im Moment so richtig Appetit.

»Worum ging es in dem Streit mit seinem Vater?«

»Ha, dreimal dürfen Sie raten! Es war an einem Seehasenfest. Der alte Kramer ist ausgetickt. Es war wohl allseits bekannt, dass er sich selber für die Hauptperson hielt. Anscheinend hat er sich schon Tage vor dem Umzug, als ›sein‹ Wagen fertig geschmückt in der Halle stand, dort rein geschlichen, sich in seinem eigenen Häs[50] oben drauf gestellt und einem imaginären Publikum zugewunken. Hansi ist ihm gefolgt und hat die Szene beobachtet. Na ja, von seinem Sohn ausgelacht zu werden, konnte der Alte nicht ertragen. Er hat ihn fast totgeschlagen damals. So irre war der.«

Bauer beißt ein Stück von seiner Pizza ab und redet mit vollem Mund weiter.

---

50 Kostüm

»Als jetzt am Freitagabend der Seehas an ihm vorbei rennt, kommt dem Hansi die ganze Geschichte wieder hoch. Das kann doch nur sein Vater gewesen sein! Er geht ihm allerdings nicht hinterher, sondern noch einmal an den Ort, wo der Alte ihn verprügelt hatte. Dort, in der Halle, trifft er auf ein paar ältere Schüler, die noch das ein oder andere an den Wagen ausbessern.«

»Die grüne Lackfarbe.«

»Richtig. Keiner der Jungs wundert sich über den neugierigen Penner. Bereitwillig erzählen sie, was vorgefallen ist. Sie haben ein Geräusch gehört, sich geduckt, dann den Kramer auf den Festwagen steigen und winken sehen. Da haben sie sich fast in die Hosen gemacht vor Lachen und der Alte ist geflüchtet.«

»Hat ihm sein Vater Leid getan?«

»Wer weiß.«

»Scusa, schmeckt das Essen nicht?«

Rose starrt die kalte Pizza an.

»Doch. Köstlich, wirklich.«

»Alles bestens, grazie, Stella! Und die Rechnung bitte. Wir müssen los.«

»A dopo, Paolo!«

Die schöne Italienerin – endlose Beine, langes schwarzes Haar, perfekte, rot lackierte Fingernägel – strahlt Bauer an und steckt das großzügige Trinkgeld ein.

»Wohin gehen wir denn?« Rose keucht. ›Ich sollte dringend wieder anfangen zu joggen!‹

»Zum Aufstellplatz. Ich bin dort mit den Jungs verabredet, die am Freitag in der Halle waren. Erinnern Sie sich an Markus?«

Die Frau neben ihm schüttelt schnaufend den Kopf.

»Na, der Dummschwätzer gestern vom Komitee. Der Tipp kommt von ihm. Er organisiert die Helfer.«

»Aha.«

Ein scheinbar heilloses Durcheinander erwartet sie auf dem Schulhof. Kinder kreischen, Eltern und Lehrer rufen zur Ordnung, Traktoren knattern. Instrumente werden eingespielt oder auch einfach nur zum Spaß geschlagen, wie gerade die riesige Trommel neben Rose.

»Wie wollen Sie hier jemanden finden?« Sie hält sich krampfhaft die Ohren zu.

»Ganz einfach. Sehen Sie die Schilder? Ich suche den Spielmannszug. Grüne Hüte und grünweißes Häs. Die Farben der Stadt. Hören Sie mich eigentlich? Ah, dort sind sie ja!« Bauer nimmt seinen Ausweis heraus und geht auf die Gruppe zu. »Mit wem hab ich heute Morgen telefoniert?«

»Oh, Kripo. Geil!«

Bauer ist schnell umringt. Rose bleibt daneben stehen und lässt den Blick in die Runde schweifen.

Eine sommersprossige junge Frau hat sich zu einem kleinen Musikanten gebeugt und versucht, mit Taschentuch und Spucke Flecken aus seiner Strumpfhose zu reiben. Vergeblich, wie man sieht, als sie sich aufrichtet. Ihr wacher Blick trifft zuerst den Kommissar, dann seine Kollegin. Da strahlt sie plötzlich.

»Sie sind von der Polizei?!! Des hätt i it denkt.«[51] Sie reicht Rose die Hand. »Ha, warum au it. Jetzt lernen mir uns halt so kennen. Das ischt also mein Sohn Linus. Linus, sag Grüß Gott zu der Frau Kommissarin. Meine Tochter spielt au mit. Dort drüben, die Blonde, die grad ihr Quer-

---

51 Das hätte ich nicht gedacht. (..) Ja, warum auch nicht.

pfeife ansetzt, das isch unsere Ann-Sofie. Früher war mein Mann noch dabei, heut trommelt er beim Graf-Zeppelin-Zug. Vera Schmidt, freut mi. Mir sehen uns jetzt ja öfter.«

»Ach wie schön, eine musikalische Familie. Hallo, freut mich auch.« – ›Kennt die mich? Aber woher?‹

Dass unter dem grünen Hut mit der gelb wehenden Feder ihre sexy Nachbarin steckt, findet Rose nicht mehr heraus, denn in dem Moment läuft der lächelnde Seehas hinter ihr vorbei. Sie erschrickt. Der schon wieder! Dann hört sie noch, wie Bauer sagt: »Am Dienschtag um neune zum Protokoll!« Und als sie sich wieder umdreht, ist die Frau auch schon weg.

»So, jetzt haben wir ein bisschen Luft. Wir sehen uns den Umzug von meinem Stammplatz am Bahnhof aus an.«

Bauer deutet gerade in besagte Richtung, als ihn ein Mann anspricht.

»Gibt's was Neues, Paul?«

»Karlheinz. Immer am Ball, wie?«

»Von nichts kommt nichts. Ich brauch neue Informationen.«

»Da hast du allerdings Recht. Dein Artikel gestern ...!! Du schreckst nur die Leute auf mit deinem Geschmier. ›Seehas ermordet.‹ Dass ich nicht lache! Da drüben steht er!«

»Schon, aber wer ist dann der Tote im Hasenkostüm und was spielt er für eine Rolle? Du willst mir doch nicht ernsthaft einreden, das war Zufall. Nein! Das sieht doch nach einer handfesten Drohung aus, oder nach einer Demonstration gegen das Fest!«

Bauer senkt die Stimme, »oh Kalle, wenn du wüsstest!!« und rollt geheimnisvoll mit den Augen. Da fängt er einen scharfen Blick von Rose auf. »Ach Quatsch, da musst du was falsch verstanden haben. Eine Schlagzeile bringt's dir jedenfalls nicht ein, wenn du dich an meine Fersen heftest. Höchstens noch eine Ente! Und was den Toten betrifft, da gibt dir unsere Pressestelle sicher gerne Auskunft.«

Damit lassen die Hauptkommissare den Reporter stehen. Aber der ist nicht auf den Kopf gefallen.

›Du arroganter blöder Aff. Glaubst wohl, dass ich mich einfach abwimmeln lass?‹

In kurzem Abstand reiht sich Karlheinz Fischle hinter die beiden ins allgemeine Geschubse ein und kommt so zu den furiosesten Schlussfolgerungen.

Ein paar Sätze hat er schon gehört, da geben sämtliche Trecker gleichzeitig Gas, rhythmisches Getrommel setzt ein. Abmarsch des Festumzugs.

Fischle flucht kurz, wagt sich noch einen Schritt näher, und weil man sich bei dem Getöse nur schreiend verständigen kann, schnappt er weitere Wortfetzen auf: Panik… Terror… Tat…! Zufrieden biegt der Reporter in die nächste Seitenstraße ab. »Also doch!!!«

In Wirklichkeit ist der Wortwechsel zwischen den beiden Hauptkommissaren eher undramatisch.

»Was war DAS denn?«

Rose sieht Bauer skeptisch an. Der ist bester Laune.

»Er wittert einen Anschlag? Soll er doch! Ich wollte ihn nur ein bisschen ermutigen. Die Pressestelle hält sich auf Anweisung der Staatsanwaltschaft vorläufig bedeckt, und die Kramers kneifen sicher, wenn der Alte auch noch mit sowas in Verbindung gebracht wird. Nur, lange vertrösten können wir den nicht. Für Fischle ist das eine ganz heiße Geschichte!«

»Kapier ich nicht. Der Seehas lebt, das hat er doch selbst gesehen. Ein Mord ist geschehen, auch das weiß inzwischen ...«

»Ist doch schön. Unser rasender Reporter verrennt sich und macht eine Bauchlandung!«

»Bauer!! Mir scheint, Sie hegen eine persönliche Abneigung gegen den Mann. Sie sind dafür verantwortlich, wenn morgen in der Zeitung etwas über Drohungen steht. Das könnte Panik auslösen!« schnaubt die Hauptkommissarin. »In unserem Beruf ist man der Presse gegenüber vorsichtiger.«

Kollege Bauer wirkt kein bisschen verunsichert. »Ach was. Es gibt keinerlei Anhaltspunkte für einen Terroranschlag, und dass der alte Kramer ein Fellkostüm anhatte, als er erstochen wurde, hat nur mit seinem Ego zu tun. Auch ein Fischle muss sich letztendlich an die Tatsachen halten! Komm jetzt!«

Schon wieder muss sie rennen. Richtung Bahnhof, um sich den Umzug anzusehen. Der Anblick der vielen fröhlichen Kinder in ihren herrlich bunten, märchenhaften Kostümen entschädigt sie dann aber.

Für ihren Kollegen ist es ein Heimspiel. Er schüttelt Hände, umarmt zwei Frauen gleichzeitig, küsst, grüßt, lacht, trinkt einen großen Schluck aus der Bierflasche, die ihm gereicht wird, kennt jeden, alle kennen ihn.

Unbeachtet steht Rose eingezwängt in der Menge.

»Ui, der Bulle von FN!« hört sie jemanden sagen. »Lang it gsäe, Kumpel!«[52]

---

52 Ui, der Bulle von (KFZ-Zeichen von Friedrichshafen). Lange nicht gesehen, Kumpel!

Eine grünweiße Formation marschiert heran, der Häfler Spielmannszug. Er stoppt und hält ein Ehrenständchen vor der Tribüne für den Bürgermeister.

Rose ist hingerissen. Sie klatscht freudig in die Hände, da dreht sich jemand zu ihr um und ruft: »Hallo Frau Nachbarin, gefällt's Ihnen?«

»Ihr seid Spitze!« brüllt Rose ausgelassen zurück, stutzt.

›Nachbarin? Jetzt check ich das erst! Sommersprossen, Linus, Querpfeife, Vera Schmidt, 2. Stock schräg gegenüber. Guck an!‹

Und schon geht es kunterbunt weiter. Gerade nähert sich eine Formation junger Mädchen. ›Das wär was für Charly!‹

»Bauer, sind das Cheerleader?«

Einer der vor ihr Stehenden sieht sich um.

»Ghörsch du zum Paule?[53] Sei doch it so schüchtern, Mädle, mir nehmet dich unter unsre Fittiche!«

So kommt Rose zu einem Platz in der ersten Reihe.

Waghalsige Fahnenschwinger, riesige, wiehernde Pferde mit Reitern in historischen Uniformen und üppig mit Blumen geschmückte Wagen ziehen dicht vor ihr vorbei. Fanfarenzüge marschieren in Reih und Glied, ihr lautes Schmettern geht durch Mark und Bein. Und Kriminalhauptkommissarin Rosemarie Gebhard steht flankiert von zwei stattlichen Kerlen am Straßenrand. Ab und zu wirft sie einen verstohlenen Blick auf ihren Kollegen, der ein ganzes Stück weiter weg steht und seine Sozialkontakte pflegt.

»Servus Paule. Wie jeds Johr.«

---

53 Gehörst du zum Paule? Sei doch nicht so schüchtern, Mädchen, wir nehmen dich unter die Fittiche.

»Hi Marion. Des lasset mir uns doch boide it entgehe. Sind deine wieder dabei[54]?«

»Bloß die Kloi. Der Jürgen und der Fritzi sind beim Zälte. Den ›Kinderkram‹ überlasset die uns Alte. Au ja, was i no sage wollt. War nett von dir, des mit dem Strafzettel. Die fünf Minute, die i da in zweiter Reihe gschdande bin!«

»Zwanzig moinsch doch eher. Aber isch scho okay.«

Die Frau nimmt Bauer in den Arm und küsst ihn herzhaft auf den Mund. Rose sucht nach einer drallen Blondine mit zerknirschtem Gesicht.

Die Menschen klatschen und jubeln. Eltern, die ihre Kinder in der Menge entdecken, rufen stolz »Anna«, »Robertle« und »Chantal«. Es wird fotografiert, was das Zeug hält. Und endlich rollt ER heran. Freundlich lächelnd und mit seinem Zepter nach allen Seiten winkend, steht der Doppelgänger des Toten auf dem Podest. Natürlich ist auch wieder das Lied zu hören: »Seehas ist da! Hurra, hurra!«

Die Sicherheitsleute in seiner unmittelbaren Nähe, mit ihren schwarzen Sonnenbrillen und den Stöpseln im Ohr, machen das Ganze fast zu einem Staatsakt.

Doch etwas geht Rose nicht aus dem Kopf. Sie hat genug gesehen. Energisch boxt sie sich zu ihrem Kollegen durch.

---

54 – Hi Marion! Das lassen wir uns doch beide nicht entgehen. Sind deine (Kinder) wieder dabei?
Nur die Kleine. Der Jürgen und der Fritzi sind zelten. (..) Ach ja, was ich noch sagen wollte: War nett von dir, das mit dem Strafzettel. Die 5 Minuten, die ich da in zweiter Reihe gestanden bin!
Wohl eher 20, oder? Aber ist schon okay.

»Könnten wir uns irgendwo hinsetzen, wo es ruhiger ist?«

»Komm.«

Ein paar Schäfchenwolken ziehen am Himmel dahin. Die Masten der Segelboote im Yachthafen schaukeln sachte. Der Biergarten ist fast leer.

»Sind alle noch oben an der Straße. Hier haben wir unsere Ruhe.«

»Herr Bauer, schließen Sie den Johannes Kramer als Täter eigentlich völlig aus?«

»Da müsste er schon fliegen können. Er wurde in der Halle gesehen. Die Tatzeit, verstehst du?«

»Klingt plausibel. Aber bei seiner Vergangenheit darf man den Gedanken nicht einfach verwerfen.«

»Natürlich nicht.«

»Steht schon wieder einfach auf und geht«, brummt Rose. Doch gleich ist er wieder da.

»Den musst du probieren! Der ist hier aus der Gegend. Außerdem wird's Zeit, dass wir aufs Du anstoßen. Zum Wohl!«

Der kühle Weißherbst rinnt wie Nektar in Roses Kehle und der Kuss von Bauer ebenso.

»Hab ich euch erwischt!«

»Charly! Schätzchen, komm, setzt dich zu uns.«

»Keine Zeit. Und wenn du Schätzchen zu mir sagst, störe ich sowieso. Ich hab ein paar Mädchen kennen gelernt.« Charly winkt in Richtung Promenade. »Wir wollen zum Rummel gehen. Hast du noch ein paar Euro für deine völlig verarmte Tochter übrig?«

»Klar, aber pass auf dich auf!«

»Jaaa, Mama.«

Bauer steckt Charly unter dem Tisch noch einen zusätzlichen Schein zu.

»Ihr seid ein süßes Paar.«

Weg ist sie. ›Wie Paul‹, kommt es Rose in den Sinn.

»Du hast ein beneidenswertes Verhältnis zu deiner Tochter. Wo ist eigentlich der Rest deiner Familie?«

»Der Rest ist gegen einen LKW geprallt.«

»Oh, ich wollte nicht ...«

»Schon gut, Paul. Charly und ich müssen damit zurechtkommen. Und wir zwei, wir müssen jetzt einen Mörder finden.«

»Bin ein Trampel, ich weiß.«

»Aber ein lieber.« Rose legt ihre Hand auf seine und lächelt ihm zu.

Da springt er auf und davon.

Die Schlägerei ist nicht zu übersehen. Bauer packt einen der Jugendlichen und zieht ihn aus dem Gewirr.

»Da wird der Bär sich aber freuen!«

»Der Arsch hat mi vom Boot gschtoße[55] und dann hond mi alle ausglacht! Vor meim Mädle! Bis i aus'm Wasser gstiege bin, war die Charly weg. Und jetzt lachet die erscht recht über mi. Des brauchsch it unbedingt meim Vater verzähle!«

»Beruhig di! Charly isch mit ihre neue Freundinne auf'm Rummel. Trockne di erscht mal ab und zieh dir

---

55 Der Arsch hat mich vom Boot gestoßen und dann haben mich alle ausgelacht, vor meinem Mädchen. Bis ich aus dem Wasser gestiegen war, war die Charly weg. Und jetzt lachen sie erst recht über mich. Das brauchst du aber nicht meinem Vater erzählen!

was Gscheites[56] a, dann gehsch oifach hinterher. Los, verschwind.«

Bauer kommt zurück an den Tisch.

»Das war doch Peter?«

»Ja. Mein Neffe übrigens. Und wie's aussieht, ist er verknallt in deine Tochter.« Er leert durstig sein Glas Wein. »Wie ich in dich, Rosi!«

›Was wird das denn jetzt? Immerhin bin ich seine Vorgesetzte! Das sollte ich ihm wohl mal … Und die Duzerei geht mir auch viel zu schnell!‹

Roses Wangen färben sich dummerweise knallrot. Verlegen wendet sie sich dem Treiben auf der Uferstraße zu.

›Oh Gott, schon wieder der!‹

Lächelnd und winkend geht der Seehas durchs inzwischen zurückgeströmte Volk.

›Back to work! Habe ich gerade am hellichten Tag Wein getrunken? Wenn das so weitergeht, lande ich irgendwann noch bei unserem Notarzt.‹

Mit Nachdruck reckt sie ihren Nacken.

»Der Umzug ist zu Ende und zum Glück ist nichts passiert. Und äh, eine Bitte: Nennen Sie mich nicht Rosi! Mein Name ist Rosemarie. Meine Mutter war Romy-Schneider-Fan. Aber Romy und Rosi kann ich nicht leiden, blieb also Rose. Und nur, NUR meine Familie nennt mich manchmal Sissi. Gehen wir ins Büro!«

»Okay, Chefin. Auch wenn's mir hier besser gefällt.«

---

56 Beruhige dich! Charly ist mir ihren neuen Freundinnen auf dem Rummel. Trockne dich erstmal ab und zieh dir was Richtiges (nasses Obelix Kostüm) an, dann gehst du einfach hinterher.

»Frau Gebhard! Paule!« Atemlos kommt ihnen am Ausgang Eisele entgegen. »Wir habet weitere Ergäbnisse, die Tatwaffe beträffend. S isch e spitzes Messer gwäse.«[57]

»Sehr scharfsinnig, Otto.«

»Wie moinet Sie des, Frau Hauptkommissarin?«

»Na, ein stumpfes wäre wohl nicht so ohne weiteres in den Torso eingedrungen.«

»Da habet Sie Recht. Aber die Spusi hat inzwische sämtliche Messer von de Metzger auf der Fäschtmeile checkt, mit dene die ihre Häxle und Hähnchen schneidet. Passet it. S muss oiner mitbracht han.«[58]

»Personendurchsuchungen sind nicht erfolgt?«

»Noi, leider it. Wie au, bei so viele Leut.«

»Gibt es noch einen Grund, hier länger anwesend zu sein, meine Herren?«

Eisele, gerade erst hungrig und durstig angekommen, macht ein enttäuschtes Gesicht.

Füße auf dem Schreibtisch, Hände im Nacken. So lässt es sich am besten denken.

»Ich fasse zusammen: Wir haben einen Toten, einen Tatort, tausende von möglichen Verdächtigen bis auf den, den wir definitiv ausgeschlossen haben, keine Tatwaffe, kein Motiv und darüber hinaus keine Ahnung.«

»Ja.«

---

57 Wir haben weitere Ergebnisse, die Tatwaffe betreffend. Es war ein spitzes Messer.

58 Da haben Sie Recht. Aber die Spurensicherung hat inzwischen sämtliche Messer der Metzger auf der Festmeile untersucht, mit denen die ihre Haxen und Hähnchen schneiden. Sie passen nicht. Jemand muss das Messer mitgebracht haben.

Bauer nagt an seinen Fingernägeln. Otto blickt betrübt auf seinen Döner.

»I glaub's it! Paule, sag ebbes.«[59]

»Was denn?«

»Zum Beispiel, isch die Familie so unschuldig wie se dut?«[60]

Die Chefin ist der gleichen Meinung: »Patrik und seine Mutter wurden immerhin jahrelang von dem Mann unterdrückt und gequält!«

»Ha, die sind doch agschpitzt[61], wie der die behandelt hat.« Eisele verzieht gequält das Gesicht.

Bauer runzelt die Stirn. »Ein Ansatzpunkt?«

»Unbedingt.« Rose schwingt ihre Beine vom Schreibtisch. »Machen Sie das, Kollege. Ich schreibe den Bericht über den Stand unserer Ermittlungen für die Staatsanwaltschaft.«

Froh, sich nicht um den lästigen Papierkram kümmern zu müssen, ist er auch schon weg.

-

»Sie scho wieder! Kommet se halt rei. I sag Ihne aber glei, Sie schtöret!«[62]

»Ist der Patrik auch da?« fragt Bauer auf dem Weg zum Wohnzimmer.

»Den han i heut no gar it gsäe. Der schlaft immer no sein Rausch von geschtern aus.«[63]

---

59 Ich kann's nicht glauben. Sag doch was, Paul.
60 (..) wie sie tut
61 unter Druck
62 Sie schon wieder! Dann kommen Sie halt rein. Ich sage Ihnen aber gleich, Sie stören.
63 Den habe ich heute noch gar nicht gesehen. Der schläft noch seinen Rausch von gestern aus.

»Hi, Jo!«

Der Mann auf dem Sofa springt sofort auf.

»Das trifft sich gut. Kann ich dich sprechen, Paule?«

»Geh mer raus.«

Als Bauer alleine zurückkommt, treffen ihn die feindseligen Blicke der Mutter.

»Ich muss Sie jetzt festnehmen, Frau Kramer. Sie wissen schon, warum.«

»Ja, tun Sie des, aber schnell, bevor ich's mir anders überleg.«

Eine zierliche Person mit kurz geschnittenem, braunem Haar klopft zaghaft an die Tür und betritt dann unaufgefordert das Büro.

»Wollen Sie zu mir?«

»Eigentlich suche ich meinen Bruder Paul.«

»Kann ich Ihnen weiterhelfen? Ich bin Rosemarie Gebhard, seine neue Kollegin.«

Eisele hebt erstaunt den Blick von der Akte der Spurensicherung, in die er vertieft war.

»Nadja Bär, des isch aber eine Überraschung! Trinksch en Kaffee mit?«

Sie lehnt dankend ab. »Lieber ein Glas Wasser bitte.«

»Kommt glei. Isch was passiert?«

Bär? Dann ist der Baywatch-Typ ihr Mann und Peter ihr Sohn. Neugierig betrachtet Rose die Frau. Sie wirkt zerbrechlich.

»Ich bin mir nicht sicher. Darum wollt ich erst mit meinem Bruder reden.«

»Verstehe. Er ist im Einsatz und ich weiß nicht, wie lange das dauert.«

Plötzlich schluchzt Nadja auf. »Mein Jüngster ist seit

dem Umzug verschwunden! Auf dem Schulplatz konnt ich ihn nicht finden und zu Hause ist er auch nicht!«

»Es ist gerade erst kurz nach sechs. Kinder treiben sich oft herum, das wissen wir aus Erfahrung. Wie alt ist denn ihr Sohn?«

»Michi ist letzten Monat sieben geworden. Klar hat er Freunde, zu denen er manchmal geht, aber … DAS hier macht mir Angst!«

Frau Bär legt eine Tonbandkassette auf den Schreibtisch.

»Aus unserem Anrufbeantworter.«

Aus irgendeinem Grund stellen sich Roses Nackenhaare auf.

»Eisele, haben wir ein Abspielgerät?«

Der schüttelt bedauernd den Kopf. »Zu altmodisch. Heut geht doch alles mit Computer. Des isch leider so.«

»Was ist darauf zu hören?«

»Jemand sagt: du siehst ihn nie wieder.«

»Sprechen Sie bitte etwas lauter.«

Nadja wischt sich mit der Hand übers Gesicht und wiederholt dann laut und deutlich: »Du siehst ihn nie wieder.«

»Sonst nichts? Ich meine, muss sich der Anruf auf Michi beziehen?«

»Ich weiß nicht. Deshalb will ich doch … Endlich!«

Paul Bauer steht in der Tür.

»Was geht denn hier ab?« fragt er seine Schwester erstaunt.

»Ich glaube, jemand hat Michi entführt! Er ist weg!«

Jetzt heult sie los. Er sieht in die bedrückten Gesichter seiner Kollegen.

»Wie, weg! Und wie kommst du auf die Idee, dass er

entführt wurde? Jetzt beruhige dich erst mal!« Er drückt ihr ein Taschentuch in die Hand, schiebt sich mit einer Arschbacke auf die Tischkante und trommelt ungeduldig mit den Fingern auf die Platte. »Kann mir mal einer …«

Nadja schnäuzt sich kräftig, blickt verschüchtert zu ihm hoch.

»Geht's wieder? Also, wann und wo hast du Michi zuletzt gesehen? Jetzt red schon!«

»Ich hab ihn zum Aufstellplatz gebracht. Er sah so süß aus mit seinen Hasenohren und er war mächtig stolz, weil er dieses Jahr auf dem Seehasenwagen hat mitfahren dürfen. Den Umzug selber konnt ich nicht anschauen, weil die Bille krank ist. Daheim hab ich dann die Nachricht auf dem AB gefunden. Zuerst hab ich mir nichts dabei gedacht, aber als ich den Michi abholen wollte und nicht finden konnte und er auch dann nicht heim gekommen ist, da …«

»Welche Nachricht?«

»Es klingt so schrecklich. Ich soll ihn nie wieder sehen! Das ist doch eine Drohung! Wer macht so was, Paul?«

Bauers Nasenflügel zucken nervös. Sein Gesicht ist plötzlich ganz faltig und die Haut grau.

»Das hat bestimmt nichts zu bedeuten, okay? Ich lass dich jetzt von einer Zivilstreife nach Hause bringen. Du solltest erreichbar sein, falls sich jemand meldet.«

»Also glaubst du auch, dass Michi entführt wurde?«

Große, tränenvolle Augen haften auf ihm.

»Nein. Ich sehe keinen Grund. Bei euch ist doch nichts zu holen. Aber sicher ist sicher. Wir richten eine Fangschaltung ein und Kollegen beobachten das Haus. Weiß dein Mann Bescheid?«

»Der Thomas ist vor vier Wochen ausgezogen. Er nimmt sich eine ›Auszeit‹. Ich versteh das nicht, aber seit Kathrin wieder da ist, benimmt er sich komisch.«

Bauer fährt zusammen. ›Was?? Der Drecksack! Den knöpf ich mir vor!‹ Er presst die Kieferknochen aufeinander, beherrscht sich.

»Nadja, geh jetzt bitte. Such ein neueres Foto heraus und halt uns ein getragenes, ungewaschenes Kleidungsstück vom Michi bereit. Ich veranlasse sofort eine Großfahndung, und ich versprech dir, wir finden deinen Sohn.«

Nachdem Frau Bär schniefend den Raum verlassen hat, runzelt Rose die Stirn. »Den ganzen Polizeiapparat? Das wird Ihnen kein Richter unterschreiben. Die 24 Stunden Frist …«

»Verdammte Scheiße aber auch! Der Michi ist mein Neffe! Ich tu alles, was in meiner Macht steht, und zwar ohne Zeit zu verlieren. Da ist nämlich wirklich was faul. Er war nicht auf dem Wagen!!!«

»Was? Das hört sich nicht gut an. Eisele, stellen Sie mir eine Verbindung mit dem Staatsanwalt her. Mal sehen, was ich erreichen kann. Paul, Sie als Verwandter sind in jedem Fall befangen. Sie dürfen unter diesen emotionalen Umständen nicht …«

Sein Blick ist eiskalt. »Was glauben Sie eigentlich, wer Sie sind? Da draußen laufen jede Menge Perverse rum. Was würden Sie machen, wenn es um Charly ginge?«

Als die Tür knallt, zuckt die Kommissarin zusammen. Mit nicht sehr fester Stimme sagt sie zu Eisele: »Das Band muss zur KTU.«

Fünfzehn Minuten später ist Paul Bauer wieder da und sieht seiner Chefin trotzig in die Augen. »Die Suche nach Michi läuft.«

»Gratuliere! Gute Beziehungen, nehme ich an?« kontert Rose und hat dabei ein schlechtes Gewissen. »Ihr Benehmen ist allerdings unprofessionell. Möchten Sie sich eventuell aus dem Fall Kramer zurückziehen? Ich würde das befürworten, da Sie offensichtlich unter Stress stehen.«

»Werte Frau Gebhardt, meine familiären Probleme, wie übrigens auch meine Beziehungen, gehen Sie einen feuchten Dreck an. Ich bin sehr wohl in der Lage, meine Arbeit zu machen. Können wir dann wieder?«

»Wie Sie wollen!«

Die Luft brennt. Da rettet Eisele: »Paule, i hab der Frau Gebhard grad erzählt, dass du die alte Kramer verhaftet hasch. Die soll ihren Ma ermordet han.«[64]

»Wie man's nimmt.«

Völlig ruhig berichtet Bauer kurz über die Festnahme.

»Was meinte sie mit: anders überlegen?«

»So, wie sie es sagt. Sie war's nicht.«

»Wer dann?«

»Doch oiner von de zwoi Brüder![65] Und sie deckt ihn«, meldet sich Eisele eifrig zu Wort. »Der Erkennungsdienscht isch übrigens fertig mit ihr. Sie wartet jetzt im Vernehmungsraum. Fraget Se se doch oifach!«

---

64 (..) dass du die alte Frau Kramer verhaftet hast. Sie soll ihren Mann ermordet haben.

65 Doch einer von den beiden Brüdern! (..) Fragen Sie sie doch einfach.

»Guten Abend, Frau Kramer. Ich möchte Sie zu Ihrem Geständnis befragen. Zuvor muss ich Sie darauf hinweisen, dass Sie das Recht auf einen Anwalt haben und nichts aussagen müssen, was Sie belastet. Haben Sie das verstanden?«

Die Frau starrt auf eine leere Wand. Dann faucht sie Rose zornig an: »I brauch niemand, der mir d Wort im Mund umdreht. Endlich kann i loswerde, was i all die Jahr ertrage han müsse! Schreibet se mit?«

Rose bemüht sich, aus dem verhärmten Gesicht ihr gegenüber etwas heraus zu lesen. »Das Gespräch wird aufgezeichnet.«

»Aufgezeichnet, so so. Dann zeichnet Se mal auf, was ich Ihne zu sage hab: Ich war's. Mein Mann hat mich sozusagen dazu getrieben. Er, der Herr Pädagoge! Schläge gab's fascht jeden Tag für die Bube und mi. Es war koi schees Läbe![66] Vor vielen Jahren musst i ihm ein Seehasenkoschtüm nähen. Und dann isch es erscht richtig los gange! Selligsmal[67] am Hasefäscht hat er den Hansi so gschlage, dass der am nägschte Tag oifach weg war. I bin scho so weit gwäse zu glaube, d Herbert muss ihn wo verbuddelt han! Aber der kloi Patrik hat mir erzählt, er hätt seim Bruder gholfe, d Rucksack zu packe und ihm au no sei Sparschein gschlachtet. Danach hand mir zwoi dann äbe herhalte müsse.[68]

---

66 Es war kein schönes Leben!

67 Damals beim Seehasenfest hat er den Hansi so geschlagen, dass er am nächsten Tag einfach weg war. Ich war schon so weit zu glauben, dass er ihn irgendwo verbuddelt hat.

68 Aber der kleine Patrik hat mir erzählt, er hätte seinem Bruder geholfen, den Rucksack zu packen, und er hat ihm auch noch sein Sparschwein geschlachtet. Danach mussten wir zwei dann eben herhalten.

Also, über die vielen Jahre hinweg hat sich so viel Wut in mir aufgestaut, da habe ich meinem Mann am letschten Freitagabend ein Küchenmesser, die hat der übrigens immer selber beschtens gschärft, also, i will oifach sage, dass ich ihm des in den Rücken gestochen habe! Habet Sie des?«

»Wie oft, Frau Kramer? Wie oft haben Sie zugestochen?«

»Oi mal hat glangt für den Sauhund!«

»Sag ich doch. Sie war's nicht.'

»Aber warum gesteht sie dann?« Rose schüttelt den Kopf.

»Ottos Spürnase! Sie will ihre Söhne schützen. Den einen hat sie ja seit heute erst wieder.«

»Was hat der Johannes Kramer eigentlich genau gesagt, Herr Kollege?«

»Na ja, sie hätte es ihm gestanden, er will aber nichts mehr mit der Polizei zu tun haben, und seine Familie ist ihm nach all den Jahren wurscht. Das war alles.«

»Oder eben nicht.«

»Genau.«

»Und wer von den beiden war's?«

»Wir lassen die Kramer die nächsten zwei Tage in Haft, das ist mit der Staatsanwaltschaft schon besprochen.«

»Einverstanden, Bauer. Aber wo setzen wir jetzt an?«

»Mitten drin, wo sonst.«

Kurz vor dem Rummelplatz legt er seinen Arm um die Kollegin. »Undercover.«

»Verstehe.« Widerstrebend lächelt sie. »Unbedingt nötig ist das aber nicht.«

Sie will sich gerade wieder aus der Umarmung lösen, da wird sie von einem merkwürdigen Geräusch abgelenkt.

»Was summt hier auf einmal so komisch? Von den Fahrgeschäften kommt das nicht.«

Bauer deutet lachend nach oben. Eine riesige Zigarre schwebt ihnen entgegen und wirft eigenartige Schatten über das Treiben auf der Erde.

»Ein Zeppelin!« Vor Begeisterung bleibt Rose der Mund offen stehen. »Aber derart nah? Man sieht ja fast in die Pupillen der Passagiere!«

»Ist das nicht Charly?«

»Wo?«

Der Traum vom Fliegen ist vorbei. Der Mann, mit dem sie eben noch das tolle Paar gegeben hat, stürmt zornig auf eine Gruppe Jugendlicher zu.

»Oh, Paule. Darf ich dir meine neuen Freunde vorstellen?«

»Freunde? Du kommst sofort mit mir zu deiner Mutter.«

»Sie haben mir nichts zu befehlen!«

Trotzig zieht sich Charly hinter die jungen Leute zurück. Zwei der Jungs stellen sich Bauer in den Weg. Der ältere wendet den Kopf und blökt über seine Schulter hinweg:

»Wer isch der Typ eigentlich?«

»Der neue Lover meiner Mutter.«

»Charly, wir gehen!« Rose packt ihre Tochter am Arm und zieht sie aus der johlenden Gruppe.

»Heh Alte! Lass mei Schätzle in Ruh!«

Der junge Mann mit der großen Klappe hält Charly von hinten an der Jacke fest. Die andern lachen hämisch, plustern sich auf. Der Kleinste ballt schon die Fäuste. Die Situation droht aus dem Ruder zu laufen.

»Kripo. Deinen Ausweis, sofort.«

»Die Kloi[69] isch ein Polizeiflittchen!!! Des kann doch keiner ahne. Hier, Herr Wachtmeister, meine Papiere.«

Bauer wirft einen kurzen Blick darauf und nimmt sich dann die anderen vor.

»Wo ist Peter?« zischt Rose ihre Tochter an.

»Au! Lass mich endlich los, das tut weh.«

»Ich hab dir eine Frage gestellt.«

»Was weiß ich, wo der Blödmann ist.«

»Geht Ihr schon vor, wir treffen uns im Büro«, ruft Bauer den beiden zu.

»Schau nicht so. Ich kenn deinen ›Freund‹. Er handelt mit Drogen.«

»Das wüsst ich aber!« Charly kichert blöd. »Du spinnst doch …«

Otto, der sich während seiner Stallwache gelangweilt hat, ist entzückt über den Wortwechsel.

»Der Paule woiß, wovon er schwätzt. Der Typ isch ein stadtbekannter Dealer! Vom Feinschte! Die Sach hat bloß oin Hake. Mir konntet ihn bis jetzt it überführe.«[70]

»Da hörst du's. Und benimm dich bitte endlich!«

Rose hätte ihre pubertierende Tochter gerne zur Raison gebracht.

»Ihr Bullen steckt doch alle unter einem Hut, oder besser, unter Karnickelohren!!!«

---

69 Die Kleine ist …

70 Der Paule weiß, wovon er redet. Der Typ ist ein stadtbekannter Dealer. Vom Feinsten! Die Sache hat bloß einen Haken. Wir konnten ihn bis jetzt nicht überführen.

»Charlotte!«

»Ja, Mutter? Ich bin alt genug, um mir meine Freunde selber auszusuchen! Ihr seid ja hysterisch. Ich weiß, ihr verfolgt einen grausigen Mörder. Opa ist so einer. Er tötet Karnickel, und Oma brät sie ihm dann. Huh huh, Verbrecher wo man hinschaut.« Spöttisch spuckt sie die Worte aus.

»Die junge Dame will eigene Erfahrungen sammeln? Okay. In die Zelle mit ihr!«

»Paul?!«

»Was! Diese Maßnahme ist vielleicht nicht pädagogisch wertvoll, aber nur so kapiert sie's!«

»Das werde ich nicht zulassen. Meine Tochter hat nichts mit Drogen zu tun, und ich finde nicht, dass man Erfahrungen dieser Art für's Leben braucht.«

»Nicht jeder vielleicht, Frau Kollegin, aber Charly schon. Die braucht jetzt Zeit zum Nachdenken. Und die hat sie da.«

»Aber ...«

Bevor Charly realisiert, dass der Bulle es bitter ernst meint, zerrt er sie schon hinter sich her aus dem Raum.

Erschöpft lässt sich Bauer auf seinen Stuhl sinken. Eisele sitzt mit abwartender, seine Chefin mit verschlossener Miene am Schreibtisch. »Verdammt noch mal, musste das sein? Charly ist Grobheit nicht gewöhnt.«

»Eben. Glaubst du, die Drogenszene ist hier im U'gmachte[71] harmloser als in deinem Köln? Die soll ruhig merken, dass es mir ernst ist. Sie lässt jetzt erst mal Dampf

71 in der Provinz

ab, und wir überdenken zum hundertsten Mal, wer unser Karnickel abgeschlachtet hat!«

»Na gut. Also, wir haben keine Zeugen, keinen konkreten Verdacht, bloß überall einen winkenden Seehas.«

»Der hat's dir wohl persönlich angetan.«

»Na ja, wenn meine Tochter schon sitzen muss. An irgendwem muss ich doch meine schlechte Laune auslassen.« Rose beißt nachdenklich in einen Apfel. »Vielleicht sollten wir uns mit diesem Markus mal näher befassen. Wäre ein zweiter Seehas nicht ein Motiv?«

»Der Markus ist bei der Sitte. Wenn der was weiß, dann wir hundert pro auch.«

»Aha.«

Das Telefon klingelt. Bauer schrickt zusammen, aber Eisele schüttelt den Kopf, als er den Hörer auflegt.

»Die Zentrale. Noi, it wägem Michi. Mir habet bloß scho wieder en Tote. Er treibt im See vor der Schlosskirche. Die Wapo isch grad dabei, ihn zu bärgen.«[72]

»Otto, mir sind scho unterwägs.«

»So schnell sieht man sich wieder, Herr Kollege.«

»Grüß Gott Frau Gebhard, Paule.«

»Bär.«

Bauer springt auf das Polizeiboot. Dann reicht er Rose die Hand und hilft ihr hoch. Das Schiff ist in Scheinwerferlicht getaucht. Der attraktive Wapo-Mann sieht etwas bleich aus unter seiner Bräune, bemerkt sie. ›Ist wohl doch nicht so cool, wie er tut.‹

Auf Deck liegt etwas, das mit einer Plane gesichert ist.

---

72 Nein, nicht wegen Michi. Wir haben bloß schon wieder einen Toten. (..) Die Wasserschutzpolizei/WaPo ist gerade dabei, ihn zu bergen.

»Er lag im Wasser. Wir haben ihn rausgefischt und zugedeckt. Die Touris müssen ja nicht alles fotografieren.«

Bauer blickt finster. »Tja. Toller Job. Was ich dir noch sagen wollte, Bär: Lass die Finger von Kathrin. Du hast ihr genug angetan.«

»Überlass das mir, ja? Was du immer hast! Als ob sie wer weiß wie zu Schaden gekommen wär! Aus der ist doch ein richtiges Vollweib geworden!«

»Bär, ich warne dich.«

Rose geht an den beiden Streithähnen vorbei und lüftet die Plane.

»Das … ist Patrik Kramer!«

»Was sagst du da?«

»Schau doch. Sieht zwar übel aus, aber ich bin mir sicher.«

Auch Bär wirft einen Blick auf den Toten. Mit tonloser Stimme sagt er: »Nie gesehen.« Dann wendet er sich ab. »So was haben wir leider öfters.«

Bauer schüttelt langsam den Kopf. »Hm. Ab in die Gerichtsmedizin. Er hat sich den Kopf bestimmt nicht selbst gegen die Wand geschlagen. Und Bär, kümmer du dich gefälligst um deine Familie. Ruf Nadja an, der Michi ist verschwunden.«

Das Neonlicht im Keller des Krankenhauses ist zu weiß und zu hell. Wer hier nicht tot ist, sieht jedenfalls so aus. Rose fröstelt, während sie mit Bauer in angemessenem Abstand zum Seziertisch wartet. Endlich nimmt der Mann im grünen Kittel seinen Mundschutz ab.

»Dr. von Stauffen! Wir kennen uns doch. Sind Sie nicht Notarzt?«

»Er sieht mir ziemlich ähnlich, aber Philipp schließt

Wunden und ich öffne Leichen. Jeder, wie er es verdient. Ein Spruch unseres Vaters. Sie sind ein wenig blass, kann ich helfen? Ich heiße Albert, man nennt mich allgemein Dr. Albern.« Von Stauffen lacht schallend. »Hier unten ist Humor angesagt, sonst wird man trübsinnig. Die da reden ja nicht mit mir, auch wenn der eine oder andere noch grinst, selbst im Tod.«

Er deutet auf die Schubfächer, die zum Teil mit Namen versehen sind.

Der Kommissarin wird das jetzt eindeutig zu makaber.

»Herr Doktor. Ich warte zwar gern in ihren gemütlichen Hallen, aber können Sie uns jetzt mal was über unsere Leiche sagen?«

»Natürlich. Er wurde erschlagen, und wenn er das nicht selbst getan hat, auch ermordet.«

»Meine Rede.« Jetzt grinst Bauer.

»Ich finde, es ist nicht an der Zeit, Scherze zu machen, meine Herren. Es handelt sich um den zweiten Toten aus ein und derselben Familie während ein und desselben Heimatfestes! Wann und woran ist er gestorben?«

»Also. Er hat einige Prellungen im Bereich des Unterbauchs und an beiden Schultern, wie von einer Schlägerei, aber harmlos. Dagegen sein Gesicht: zu Brei geschlagen, sozusagen. Ah, das reimt sich sogar. Aber, das macht's auch nicht besser.« Von Stauffen räuspert sich. »Todesursächlich war seine Nase. Die wurde zertrümmert, Splitter bohrten sich ins Gehirn und es kam sehr schnell zu einer massiven Einblutung. Ich fand außerdem Wasser in den Lungen und einen Alkoholspiegel von 2,1 Promille, ganz schön …

Ja. Jetzt zur Todeszeit. Nach der Temperatur der Leber und des Wassers zu schließen trat der Tod vor ungefähr vierundzwanzig Stunden ein, also gestern etwa gegen 23 Uhr. Und laut Ausweis hieß er …«

»Patrik Kramer.«

»Sie kannten sich? Ein lieber Verwandter von unserem Herrn im zweiten Appartement von rechts«, ruft von Stauffen freudig, »der hinterrücks niedergestochen wurde. Auch nicht die feine Art. Der war allerdings nicht betrunken, stand bloß ziemlich unter Stress und ist deshalb innerlich verblutet.«

»Wie meinen Sie das, Stress?«

»Nun, er ist vermutlich schnell gelaufen.«

Totenstille. Schließlich spricht Bauer aus, was Rose denkt:

»Dann ist der Fundort nicht der Tatort. Shit.«

»Wie weit, ich meine, wie lange?« stammelt sie.

»Bei dem Handicap etwa fünf bis höchstens zehn Minuten. Ach ja, nebenbefundlich stellte ich fest, es war der Seehas.« Wieder ertönt dröhnendes Gelächter.

›Dein Vater konnte fliehen? Wieso? Und du, wer hat dir das angetan?‹ Nachdenklich starrt Rose auf den vom Nabel abwärts nur mit einem weißen Tuch bedeckten Körper. ›Mit der Zeit kommt es hin, wir haben ihn gestern Abend noch gesehen. Die Todesursache macht mir Kopfzerbrechen. Jemand muss ihn sehr gehasst haben, um so zuzuschlagen.‹

»War eine Waffe im Spiel, oder nur Fäuste?«

»Fäuste sicher nicht. Eher ein großer, abgerundeter Gegenstand.«

»Also könnte es auch eine Frau gewesen sein?«

»Ohne weiteres, mit genug Wut im Bauch. Und bei dem Alkoholpegel hatte er wohl kaum die Chance, sich zu wehren.«

Rose schaut Bauer an. Das grenzt die Suche nach dem Täter nicht gerade ein.

»Danke, das genügt uns vorläufig. Wenn Sie noch mehr rausfinden, rufen Sie bitte an.«

»Nichts lieber als das. Ich rufe Sie Tag und Nacht an. Abwechslung tut immer gut. Außerdem ist es erfrischend, mit Ihnen zu plaudern. Sie sind nicht so stumm wie … Sie wissen schon. Und falls Sie meinem Bruder begegnen, sagen Sie ihm bitte: I'm so happy!«

Das Gelächter verfolgt die Hauptkommissare noch bis in den Fahrstuhl.

Auf dem Rückweg wird ihr übel. Angestrengt atmet sie aus dem offenen Fenster des Mercedes. Der Kollege schiebt eine Kassette in den Rekorder, es knackt, und laute Musik ertönt.

»Muss das sein?« Hauptkommissarin Gebhard würgt die Stones ab.

»Heh, das war mein Lieblingslied!«

»Herr Bauer, ich versuche mich zu konzentrieren. Und wenn Sie nicht wollen, dass ich mich in Ihrem Auto übergebe, fahren Sie verdammt noch mal langsamer!«

Ein paar Minuten später haben ihre Wangen wieder Farbe.

An einer großen Kreuzung fährt Bauer stadteinwärts.

»Ist spät geworden, ich bring dich nach Hause.«

Rose nickt, sie ist todmüde. Kurz darauf hält der Mercedes vor ihrem Hauseingang. Während sie in ihrer Tasche nach dem Schlüssel kramt, murmelt sie: »Ich glaube nicht an solche Zufälle. Sie etwa? Es sind zwei unterschiedliche Tathergänge. Verdammt, wo ist das blöde Ding.« Dann hat Rose den Schlüsselbund endlich in der Hand. Erleichtert hält sie ihn hoch. »Aber Vater und Sohn an einem Wochenende? Das spricht doch für einen einzigen Täter. War das geplant?«

»Der Alte ist entkommen, sieht also eher nach Affekt aus. Bei Patrik bin ich mir nicht sicher.«

»Richtig ... Aber wieso war sein Vater unter diesem Gebüsch versteckt? Vielleicht hat Frau Kramer jetzt doch eine Erklärung für uns?«

»Hansi hat ein Alibi und Patrik ist tot. Zeit für die Wahrheit«, knurrt Bauer, kurbelt das Seitenfenster runter, beginnt auf dem Rücksitz zu wühlen. «Wo ist das Scheißteil?!«

Schließlich findet er, was er sucht, zwischen Roses Füßen und setzt das Blaulicht auf's Dach.

In dem Moment bemerkt sie ihren Nachbarn aus dem dritten Stock, der ein wenig schwankend in der Haustür steht und den Kopf schüttelt.

»Jetzt halt ik der Tussi uff und die verduftet mit Pauken und Sirenen! Bullette, wo soll det denn noch hinführen?«

Krachend fällt die Tür ins Schloss. Der Kollege gibt Vollgas. Rose sagt nichts.

»Frau Kramer, dieses Gespräch wird wieder aufgezeichnet. Wir haben eine schlimme Nachricht für Sie. Ihr Sohn Patrik ist tot. Es tut mir leid!« Rose muss schlucken.

Tränen schießen in Frau Kramers Augen. »Noi«, schreit sie. »Noi, it der au no!«[73]

Die Kommissarin wartet, bis die Frau nur noch leise

---

73 Nein, nicht der auch noch!

schluchzt. »Fühlen Sie sich in der Lage, mir ein paar Fragen zu beantworten?«

»Scho.«

»Gut. Also, wen wollten Sie mit Ihrem Geständnis schützen?«

»I bring den Ma seit so viele Johr scho um, jeden Tag, auf jede Weis. Da kommt's auf oimal meh it a.

Es isch schpät. Kann i wieder in mei Zelle?«[74]

»Wie Sie wünschen. Das Verhör wird um 23.45 Uhr am Sonntagabend abgebrochen.«

Weinend verlässt Frau Kramer mit einer Beamtin den Raum.

Zurück im Büro bemerkt Rose: »Wenn sie die Wahrheit sagt, spricht sie schwäbisch. Wenn sie sich was ausdenkt, redet sie hochdeutsch. Irgendwie auch logisch.«

»Ja, stimmt. Otto, gibt's was Neues vom Michi?«

»Nadja hat nix ghört. Koin weiterer Anruf. Die Fangschaltung steht. Zwoi Beamte sind bei ihr zu Hause.«

Rose schnappt sich den Hörer. »Ich frag mal bei der KTU nach, wegen dem Band aus dem AB.«

Bauer fläzt in seinem Stuhl und reibt sich den Schlaf aus den Augen.

»Otto, magsch uns it was zum Essen holen?[75] Ich glaub, ich brauch Nervennahrung.«

---

74 Ich bringe den Mann schon seit so vielen Jahren um, jeden Tag, auf jede Weise. Da kommt es auf einmal mehr nicht an. Es ist spät. Kann ich wieder in meine Zelle?

75 – Otto, willst du uns nicht was zu essen holen? (..)
– Ich kann auch einen Happen vertragen. Was darf ich Ihnen bringen, Frau Gebhard? Eine Seehasenwurst mit viel Senf oder ein Fischbrötchen, wenn es das um die Zeit noch gibt?

»I kann au en Happe vertrage. Was darf i Ihne bringe, Frau Gebhard? E Seehasewurscht mit viel Senf oder en Fischwecke vielleicht, wenn's des um die Zeit no gibt?«

»Nein Danke. Von Hasen und Wasserleichen hab ich für heute genug.«

»Gut. Mit viel Soß?«

»Bitte?«

Bauer schüttelt den Kopf und erklärt grinsend: »Bratensauce zu den Spätzle. Mensch, lern schnell die Sprach, sonscht verhungerscht du uns noch.«[76]

»Viel Soß!« ruft Rose Eisele hinterher.

---

76 sonst verhungerst du uns noch

MONTAG

I wollt bloß sage

Nach dem Anruf bei der Kriminaltechnik sind sie keinen Schritt weiter.

»Die Stimme ist verstellt, es könnte sich um eine männliche, aber genauso um eine weibliche handeln. Es gibt Hintergrundgeräusche auf dem Band. Sie sind noch am Filtern, das kann dauern.«

»Okay. Für mich wird's eh wieder eine lange Nacht. Möchtest du nicht nach Hause gehen?« Bauer sieht seine Chefin beinahe fürsorglich an.

»Klingt wirklich verlockend, aber je schneller wir den Jungen finden, umso besser. Und die beiden Morde, wir sollten wirklich noch mal … Außerdem kommt da unser Essen.«

Kauend und schweigend hängen die drei ihren Gedanken nach. Die Kommissarin legt ihre Serviette auf den Teller. ›Wo ist mein Sofa?‹ Sie unterdrückt ein Gähnen. Während Eisele die Essensreste entsorgt, kommt ihr der Samstagabend in den Sinn.

»Wenn Patrik als Kind misshandelt wurde, dann hatte er ein Motiv. Scheiße, ich kann mich an seine Worte nicht richtig erinnern.«

»Meine Schuld.«

»Nein, meine. Ich vertrage keinen Alkohol, und ich war im Dienst.«

»Ich hab dich mit ihm alleine gelassen. Du weißt doch, wegen Jo.«

»Womit wir wieder bei ihm gelandet wären.«

»Ausgeschlossen.«

»Ist er noch zu Hause? Wir informieren ihn einfach nur über den Tod seines Bruders.

»Fahren wir, aber ich sag dir gleich, das bringt nichts.«

Das Kramerhaus ist hell erleuchtet, doch auf das stürmische Klingeln reagiert keiner.

»Gehen wir hinten rum.«

Die Terrassentür steht sperrangelweit auf.

»Wir haben keinen Beschluss.« Rose zögert.

»Gefahr im Verzug. Jetzt komm.«

Jemand pfeift.

»Ist das nicht das Lied, das die Leute am Anleger gesungen haben?«

»Stimmt«, flüstert Bauer.

Johannes Kramer liegt in der Badewanne. Schaum umspielt seinen Körper. Eine dicke Zigarre steckt in seinem Mund und ein Cognac-Schwenker steht auf dem Wannenrand.

»Kann ich etwas für euch tun?« fragt er fast zu gelassen.

»Kollege, ich glaube, die Situation spricht für sich. Nehmen wir ihn fest.« Rose sieht sich noch nach einem Handtuch um, da klappt Bauer bereits missmutig sein Handy zu.

»Verstärkung ist unterwegs!«

Der Streifenbeamte schiebt verwundert den nassen Kopf des nur mit einem Bademantel bekleideten Mannes in den Wagen.

»Er sagt, seine einzigen Klamotten wären in der Waschmaschine. Bringt ihn ins Präsidium.« Bauer grunzt abfällig, aber Rose hat Mitleid.

»Ich geh noch mal rein, vielleicht finde ich ja ein paar Sachen seines Bruders.«

Noch vor dem Streifenwagen erreichen die Hauptkommissare das Präsidium. Mit weichen Knien betritt Rose das Gebäude. »Ich nehme die Treppe, nach Fahrstuhl ist mir jetzt nicht.«

Gemeinsam warten sie, bis Johannes Kramer in den Nebenraum geführt wird.

»Bin gespannt, wie er da raus kommen will.«

»Zigarre und Cognac sind doch nicht ungewöhnlich für einen Mann. Ihr Frauen trinkt halt lieber Champagner in der Wanne.«

»Aber ich rauche nicht.«

»Wie unromantisch.«

»Das reicht.«

Ein Beamter steckt den Kopf durch die Tür. »Er ist da.«

»Danke. – Frag du ihn.«

›Ich duze Bauer. Bin wohl tatsächlich übernächtigt.‹

»Jo, dein Bruder ist tot.« Bauer kommt direkt zur Sache.

»Nein. Mein Vater ist tot.«

»Und der Patrik auch.«

»Was??? Wie ist das passiert?«

»Jemand hat ihm das Gesicht zu Brei geschlagen.«

»Den bring ich um, ich …« Johannes Kramer fährt hoch, packt den Kommissar am Kragen und brüllt: »Der Patrik kann doch nicht …«

Bauer zischt ihn an. »Setz dich sofort auf deinen verdammten Arsch!! Deine Mutter ist in U-Haft wegen Mordes an deinem Vater! Du hast ihr das eingebrockt und machst dann einen auf Party?!«

Die beiden Männer starren sich sekundenlang in die Augen, dann lässt Kramer los.

»Ich dachte doch nur, sie will Patrik schützen. Ich dachte, er hätte vielleicht …«

»Vielleicht aber auch nicht. Die Frage wird er uns nicht mehr beantworten können, so wie der zugerichtet ist. Den Anblick vergisst meine Kollegin bestimmt nicht so schnell.«

»Und wann …?«

»Am Samstagabend.«

»Da waren wir doch die ganze Nacht am Reden!«

»Nicht die ganze.«

Rose steht hinter der halbdurchsichtigen Scheibe.

›Nicht die ganze? Hat er mir etwas verschwiegen, um seinem alten Freund zu helfen?‹

»Hauptkommissarin Gebhard betritt den Raum.«

»Kannst du dir sparen. Das Aufnahmegerät ist nicht eingeschaltet.«

»Sie verstoßen gegen die Vorschriften, Herr Kollege. Kann ich Sie kurz sprechen?«

Außerhalb des Vernehmungszimmers gesteht Bauer, dass Jo nur seinen Einkaufswagen untergebracht hat.

»Zehn Minuten, allerhöchstens. Wie sollte er in der kurzen Zeit …«

»Sie haben mir nicht die Wahrheit gesagt! Darum geht es. Eisele, bitte stören Sie jetzt nicht.«

»Frau Gebhard, i wollt bloß sage, i hab Ihre Tochter hoim bracht.«[77]

Das gibt Rose den Rest.

---

77 nach Hause gebracht

»Oh mein Gott. Wie konnte ich sie nur vergessen? Ich muss nach Hause. Otto, sie sind ein Schatz.«

»Die Charly war ziemlich a'grfässe, aber i glaub, i hab se etwas beruhige könne.«[78]

Bauer nickt anerkennend. »Ottoschatz. Mir wisset, was mer an dir hent!«[79]

»Ach, lässt du dich auch mal blicken?«

»Charly, du bist noch auf. Es ist mitten in der Nacht und … es tut mir wirklich leid.«

»Ist das so! Dein HiWi hat mich von den Ketten befreit und mir dann aus lauter Menschenfreundlichkeit bei dem Chaos hier geholfen.«

»Was hat er?«

Roses Gedanken schweifen schon wieder ab. Charly ist in Sicherheit, und sie muss einen Job machen.

»Mama? Anybody home?« Ihre Tochter tippt sich mit dem Zeigefinger an die Stirn. »Mein Zimmer ist fertig und dein Bett überzogen.«

»Sag jetzt nur nicht, dass Otto in meiner Wäsche gewühlt hat.«

»Gewühlt nicht direkt, er hat daran geschnuppert.«

»Das ist nicht wahr! Oder?«

Charly kichert hämisch. »Keine Sorge. Er hat mir nur bei den schweren Sachen geholfen. Die Espresso-Maschine steht in der Küche, und ICH habe dein Bett gemacht.«

»Gott sei Dank.«

---

78 Charly war ziemlich wütend, aber ich glaube, ich konnte sie etwas beruhigen.

79 Wir wissen, was wir an dir haben.

»Wie wär's denn mit: Tochter sei Dank? Na ja, war eh keine große Action. Hab ich halt gemacht, weil sich hier ja sonst niemand kümmert. Schließlich müssen wir anständig pennen. Jetzt merkst du vielleicht endlich, dass ich kein Kind mehr bin! Ich hau mich jedenfalls hin und du solltest das auch tun!Versuch einfach, nicht an asoziale Kriminelle oder zerstückelte Leichen zu denken, und schlaf dich mal richtig aus! Du hast ganz dicke Ränder unter den Augen.«

›Oh Charly, wenn ich dich nicht hätte, ich würde vor die Hunde gehen!‹ Allein die Vorstellung, sich mit ihrer Tochter jetzt sofort unter eine Decke zu kuscheln und alles Böse los lassen zu können, macht Rose ganz schwach. ›Schluss mit der Sentimentalität!‹

»Lieb von dir, dass du dich sorgst. Aber leider kann ich weder das eine noch das andere. Ich muss morgen ganz früh in die Pathologie.«

»Papa hätte seine Freude an dir.«

»Ich weiß, aber es ist nun mal mein Beruf. Mein schlechtes Gewissen hält sich daher in Grenzen.«

»Wie immer! Gute Nacht, Frau Kriminalhauptkommissarin.«

Heißes Wasser prasselt minutenlang auf ihren Nacken, über die Schultern, den Rücken hinunter. Dann rubbelt sich Rose mit einem großen Frotteehandtuch ab und schlüpft in ihren Bademantel. Ihr Körper fühlt sich wohlig entspannt an, aber im Kopf arbeitet es unentwegt. An Schlaf ist nicht zu denken.

Sie steht am geöffneten Schlafzimmerfenster, atmet tief die Nachtluft ein und blickt in den leeren Innenhof. Auf dem Balkon schräg gegenüber flattert Frau Schmidts

Wäsche im lauen Wind, der vom See her weht. Der Stuhl auf dem Balkon darüber ist leer.

Unten schleicht eine Katze am Sandkasten vorbei. Ihr pechschwarzes Fell schimmert seiden im Licht der Sterne.

›Bist wohl auf Mäusejagd? Genauso, wie ich auf der Jagd bin!‹

Mit einem Seufzer schließt sie schwungvoll das Fenster, lässt sich aufs Bett fallen, fühlt sich merkwürdig beobachtet.

Ihr Blick kreist von der Zimmerdecke, an der lediglich eine nackte Glühbirne ohne Lampenschirm baumelt, zum Spiegelschrank, dann zu dem kleinen Nachttisch, auf dem ihr Handy liegt.

Sie rappelt sich hoch, grapscht danach, legt es müde zurück. Im nächsten Moment richtet sie sich, mehr erschrocken als erstaunt, kerzengerade auf. Gesichter lachen ihr entgegen.

›Was hat sich Charly dabei gedacht, mir diesen Schnappschuss ans Bett zu legen? Rosenmontag in Köln, alle vier in Clownsmaske. Eine Erinnerung an glücklichere Tage? Vielleicht wird sie wirklich erwachsen. Aber so früh?! Das ist meine Schuld! Ich hab als Mutter versagt!!‹ Fast hätte sie es geschrien, doch Rose presst ihre Lippen zusammen. Sie sinkt wieder aufs Kissen, starrt an die frisch geweißte Decke.

»Klaus, gib mir einen Rat! Zwei Tötungsdelikte, ein entführtes Kind und unsere Tochter macht mir Vorwürfe. Was soll ich tun.«

Endlich geht Rose ins Nebenzimmer. Das gerahmte Bild mit dem kleinen Moritz auf Papas Arm steht neben Charlys Bett.

»Sie schläft. Gut so. Ich muss weg«, murmelt sie und küsst das Mädchen sanft auf die Stirn. Dann geht sie zu ihrer Tasche und holt das Handy raus.

»Würden Sie mich abholen?«

Der Streifenwagen steht schon bereit, als sie die Haustüre öffnet.

»Bringen Sie mich bitte zur Uferpromenade.«

»Aber da ist jetzt tote Hose.«

»Trotzdem.«

Ein rotweiß gestreiftes Plastikband, das den Fundort des toten Seehas sichert, glänzt in der spärlichen Nachtbeleuchtung. Die Kommissarin steht oberhalb davon, an einer schmalen Steintreppe, die hinunter in den Park führt. Auf der Böschung rechts und links neben der Treppe wächst Gras.

›Hier ungefähr muss es gewesen sein. Er kam, dem Tode nah, aus irgendeiner Richtung angerannt, ist dann gefallen und entweder die Treppe oder den Abhang runter gerollt, direkt unter die dichten Äste. Es sah nur so aus, als ob ihn jemand genau dort ermordet und versteckt hätte. Wahnsinn.‹

Rose geht nachdenklich die Stufen hinunter, an der Absperrung vorbei und erreicht nach ein paar Schritten die Bar, an der sie gestern Mittag Johannes Kramer getroffen hat.

Dort herrscht Aufbruchstimmung. Grelles Licht, leere Gläser und volle Aschenbecher wirken nicht unbedingt einladend.

»Musik dürfen wir keine mehr machen. Lärmschutz. Ein Wasser?«

»Nein. Kann ich bitte ein Glas Prosecco haben?«

»Aber natürlich. Kommt sofort. Sie sind allein hier? So eine gut aussehende Frau?«

»Machen Sie sich mal keine Gedanken um mich.«

Es ist immer noch der selbe Barkeeper wie am Vortag, der das Sektglas jetzt eher wortkarg vor sie hinstellt.

»Hier, Ihr Drink.«

Rose nippt an ihrem Glas und sieht sich um. Nichts Auffälliges. Im Grunde weiß sie nicht mal, was sie hierher treibt.

»Frau Gebhard! Wie nett. Außer Dienst, nehme ich an. Der nächste geht auf mich.«

»Herr Bär!«

»Warum so förmlich? Thomas, das klingt doch viel netter.«

»So so. Sie tragen noch Uniform?«

»Bereitschaft. Bin gleich vor Ort geblieben. Ist interessanter als zu Hause vor der Glotze.«

»Haben Sie sich bei Ihrer Frau gemeldet?«

»Wegen unserem Sohn? Ja. Aber der taucht schon wieder auf. Entführung, so ein Quatsch! Wir sind hier nicht in Chicago. Die Nadja ist schnell mal daneben, wenn es um die Kinder geht. Bestimmt hat sie bloß vergessen, bei welchem Freund Michi übernachten wollte … Hallo Süße, schwing deinen hübschen Arsch rüber und trink was mit uns!«

Die sinnliche Rothaarige, mit der Paul am Samstagabend so auffällig getanzt hat, kommt auf sie zu.

»Hi Tommi. Wie geht's?«

›Hat der sie noch alle? Sein Sohn ist verschwunden und er flirtet hier schamlos?!‹

»Ha, großartig!« Bär lacht.

›Klang das jetzt künstlich?‹

»Kathrin, darf ich dir Frau Gebhard vorstellen? Die neue Kollegin deines Bruders.«

Rose prustet in ihr Glas, als die Frau ihr die Hand reicht.

»Sie sind seine Schwester? Äh, sind die Locken echt? Tschuldigung.«

Katrin lächelt. »Kommen Sie mit dem alten Dickkopf aus? Er ist nicht ganz einfach.«

»Ja, das kann man wohl sagen.«

›Sympathisch, diese Kathrin. Haben die zwei nun was miteinander oder nicht?‹

»Heh! Bring uns drei Prosecco!« schreit Bär eine Spur zu laut.

›Hat der einen sitzen?‹ Rose sieht Kathrin fragend an, die nickt kaum merklich.

»Kommen Sie, Frau … Gebhard?«

»Genau.«

Die Frauen nehmen ihre vollen Gläser entgegen und lassen den verdutzten Mann einfach stehen.

»Setzen wir uns dort drüben auf eine Bank. Tommi wird unangenehm, wenn er trinkt.«

Der Blick auf den See im Mondschein ist atemberaubend. Es riecht nach Wasser und sonnengetränkter Erde. Eine alte Dame führt ihren Hund aus. Auf der Mole erkennt man den Schattenriss eines Paares, innig umschlungen. Sonst ist niemand mehr unterwegs. Rose atmet einmal tief ein und aus. ›War es richtig, aus der Großstadt hierher zu ziehen? Ja. Im Moment jedenfalls fühlt es sich gut an.‹

»Sind Sie in dem Fall weitergekommen?«

»Was?«

»Der Mord. Paul hat mir davon erzählt.«

»Oh, sorry, ich war in Gedanken.«
»Sie sind nicht von hier?«
»Nein. Wir kommen aus Köln.«
»Sie haben also Familie.«
»Wie man's nimmt.«
»Geschieden?«
»Nur eine Tochter, aber die ist prima.«
Kathrin schaut ein wenig verwirrt. »Ich wollte immer gerne Kinder haben, aber …«
»Sagen Sie mal, Kathrin. Nimmt Ihr Bruder seine Arbeit eigentlich ernst? Er wirkt so, wie soll ich mich ausdrücken? Wie ein großes Kind, das ein Abenteuer erlebt.«
»Paul ist nicht so, wie er sich gibt. Ohne ihn wäre meine kleinere Schwester im Heim gelandet und ich … Als er aus Amerika zurückkam, hat er sich sehr um Vater und uns gekümmert. Er kann streng sein, aber er hat Recht. Meistens.«
»Sie weinen ja, Kathrin! Habe ich irgendwas Falsches gesagt?«
»Nein, nein. Es ist nichts. Lassen Sie uns auf diese schöne Nacht anstoßen. Prost, ich bin die Kathrin.«
»Rose.« – ›Irgendwas stimmt da nicht!‹ – »Sie sind … du bist weg gewesen? Kleinstadtflucht? Oder die Liebe?«
»Ich möchte nicht darüber sprechen.«
»Tut mir leid.«
»Nein, ich muss mich entschuldigen. Du kannst ja nichts dafür, dass mein Bruder so ist.«
»Ich verstehe nicht. Was hat das jetzt mit deinem Bruder zu tun? Geht mich ja eigentlich auch nichts an.«
»Mädels, wo seid ihr denn?«
»Komm, schnell! Tommi.«

Die Gläser landen unter der Bank und die beiden laufen in Richtung Freitreppe davon.

Eine Reihe von flachen Stufen, breit angelegt, eingerahmt von stabilen, rund gewaschenen und zum Verweilen einladenden Betonquadern. Wasser, das leise ans Ufer plätschert …

Kathrin zieht ihre Schuhe aus. »Das war mein Lieblingsplatz als Teenager.«

Rose tut es ihr nach. Auf der zweituntersten Stufe sitzen und die Füße ins Wasser stecken, das ist genau das Richtige in dieser Nacht!

»Einfach los lassen«, seufzt Rose.

Kathrin starrt aufs Wasser. »Da bin ich rein gegangen.«

»Glaub ich gern, bei der Hitze.«

»Nein. Ohne wieder raus zu wollen.«

»Du meinst … «

»Er hat mir sehr wehgetan.«

»Paul doch nicht, oder?«

»Tommi.«

»Ist das der Grund für die Feindschaft der beiden?«

»Feindschaft? Ja, so kann man es auch nennen. Paul hasst ihn. Aber dem ist das schnurz egal. Ich war schwanger, als mein Bruder nach Hause kam. Tommi wollte nichts damit zu tun haben. Er mag keine Kinder, hat er gesagt. Dann hat er mit meiner Schwester rum gemacht. Heute sind sie verheiratet und haben drei davon.«

»Der Kleinste ist seit heute Nachmittag verschwunden. Hast du das gewusst?«

»Der Michi? Oh. Nadja muss außer sich sein.«

Nervös zupft Kathrin an ihren Haaren herum.

»Ist alles in Ordnung mit dir?«

»Klar, warum nicht. Ich mach mir nur Sorgen.«

»Kann ich mir denken.«

Rose legt behutsam einen Arm um sie, nimmt ein leises Zittern wahr, für das sie ihre gemeinsame Aufregung verantwortlich macht, hält kurz inne, bohrt dann aber nach.

»Erzähl weiter. Du bist weg von zu Hause?«

»Paul hat mir das Geld gegeben, um nach Holland zu fahren. Nicht ohne mir vorher ins Gewissen zu reden, dass wir das mit dem Kind auch noch schaukeln würden. Ja, schaukeln hat er gesagt, der große Junge. Aber ich wollte das Kind nicht mehr. Ich war so dumm! Ich … bin dann in Holland geblieben. Das Leben dort war so anders als hier, auch wenn ich von den Männern erst mal die Schnauze voll hatte.« Sie seufzt. »Ich kann sowieso keine Kinder mehr kriegen seit dem Eingriff. Vor einem Jahr bin ich dann zurückgekommen. Papa hat Krebs und ich dachte, ich hätte irgendwas gut zu machen. Und jetzt … Aber warum erzähle ich dir das alles?«

Sie sieht die andere an. Ihre sanften Augen flackern plötzlich, was Rose nicht entgeht.

»Kathrin, wo willst du hin!?«

Weg ist sie. ›Komisch. Liegt anscheinend in der Familie.‹

Ihr Kopf schmerzt. Mit gemischten Gefühlen nähert sich Hauptkommissarin Gebhard der pathologischen Abteilung.

»War wohl spät gestern Abend?« Von Stauffen begrüßt sie freudestrahlend.

»Ich habe nur eine Frage. Der Mann mit den Messerstichen im Rücken, hatte der noch andere Verletzungen? Könnte er eine Treppe runtergestürzt sein?«

»Ein paar leichte Blessuren weist er schon auf, aber er ist eher weich gelandet. Kann ich sonst noch etwas für Sie tun? Kaffee? Ganz frisch gemacht, von mir höchstpersönlich. Meine Freunde hier unten rühren nämlich keinen Finger.« Er lacht wieder mal schallend. »Die Sonnenbrille steht Ihnen übrigens gut.«

Die Uhr an der Wand zeigt 7.32 Uhr und der Mann ist schon topfit. ›An der Luft hier drin kann das nicht liegen.‹ Rose nimmt widerstrebend die Brille ab und sieht besorgt die Plastikbecher neben der Kaffeemaschine an. ›In so was musste ich pinkeln, als ich schwanger war.‹

Von Stauffen hat ihren Gesichtsausdruck bemerkt.

»Nur ein, zweimal benutzt.« Sein Lachen dröhnt in ihren Ohren. »Aber die können das doch gar nicht mehr!« Er deutet auf die Schubfächer an der Wand. »Außerdem hab ich für Gäste was Besonderes!«

Schmunzelnd öffnete Dr. Albern ein kleines Schränkchen und präsentiert stolz eine Kaffeetasse in Form eines Totenschädels.

»Schon besser als die Pissbecher, nicht wahr? Was ist mit Ihnen!?«

Er fängt Rose auf und setzt sie auf einen Stuhl.

»War wohl alles ein bisschen viel? Ich könnte Ihnen noch die Kühlung anbieten, tut wahre Wunder!« Er will gerade wieder zu einem Lachen ansetzen, unterdrückt es aber, als er den flehenden Blick der Kommissarin sieht. »Sorry. Manchmal geht es mit mir durch. Jetzt trinken Sie erst mal einen Schluck und danach möchte ich meine nächtlichen Erkenntnisse mit Ihnen teilen.«

Dankbar über die vorübergehende Stille schlürft Rose den heißen Kaffee. ›Tief durchatmen, der Mann meint es ja nicht böse. Er ist in seiner Art ja sogar herzlich. Nur sein Humor ist gewöhnungsbedürftig.‹

»Geht's wieder?« Von Stauffen hat mittlerweile eine Akte in der Hand, in der er wahllos blättert. Er scheint verlegen. »Also, was haben wir denn da. Todesursache und Alkoholspiegel hatten wir schon besprochen. Hm. Aber ja doch! Ich habe Spuren von einem Material gefunden, das da nicht hingehört.«

Der Pathologe nimmt das Tuch von Patrik Kramers Leiche. »Schauen Sie. In der klaffenden Kopfwunde waren winzige Plastiksplitter drin. Genauer gesagt, Partikel von schwarzem Hart-PVC, aber ziemlich spröde, wie verwittert. Hier, sehen Sie, Frau Gebhard? Da, wo auch die Knochensplitter ins Gehirn drangen.«

Mit wackligen Knien steht Rose neben dem Untersuchungstisch. ›Das ist doch nicht deine erste Leiche, jetzt stell dich nicht so an!‹

»Was die Tatwaffe anbelangt, hatte ich dem Abdruck nach zuerst an ein Bierglas gedacht, so eins wie dieses hier.« Mit der größten Selbstverständlichkeit holt er unter dem Tisch einen Maßkrug hervor, der zur Hälfte mit einer seltsamen gelblichen Flüssigkeit gefüllt ist, und dreht ihn hin und her.

Roses Nerven stehen blank. ›Das ist doch wohl hoffentlich schales Bier, oder?‹

»Aber dann fiel mir ein, dass die ja eine Sollbruchstelle am Henkel haben. Als Spaßbremse bei Wirtshausschlägereien, Sie verstehen?« Er grinst schadenfroh. »Dann entdeckte ich diese PVC-Spuren in seinem Matschgesicht, äh, in der Wunde. Es muss also etwas anderes gewesen sein, das ihn verunstaltet hat.«

»Danke, Doktor. Gute Arbeit.«

»Ach, das war easy. Nur den Bericht zu schreiben war mühsam! Selbst getippt. Sie wissen ja, die da sind mir keine große Hilfe.« Der Mann ist nicht mehr zu halten. Er prustet aus vollem Leib.

›Ein Bierkrug in der Pathologie, das würde einiges erklären. Nichts wie weg hier!‹

»Otto, des musch du dir anhören!«

Eisele sieht kurz herüber. »Habs scho gläse.«[80]

»I glaub's it! KEIN TERRORANSCHLAG IN FRIEDRICHSHAFEN. ZWEITER MORD – EIN FAMILIENDRAMA? Nachdem zuerst ein terroristischer Hintergrund möglich schien, gibt die Pressestelle der Polizei mittlerweile Entwarnung. Doch der ›Seehasenmord‹ ist nach wie vor unaufgeklärt. Offenbar steht er in Zusammenhang mit dem zweiten Verbrechen in zwei Tagen, das unser schönes Heimatfest überschattet: Am gestrigen Nachmittag fanden Touristen, die mit einem Tretboot das herrliche Wetter auf dem See genießen wollten, eine im Wasser treibende, männliche Leiche. Ausrufezeichen. Der Tote ist inzwischen als Sohn des am Freitagabend ermordeten Mannes identifiziert. Muss Frau K., die Ehefrau und Mutter, nun auch um ihr Leben und das ihres zweiten Sohnes bangen? Sie befindet sich vorsorglich in Polizeigewahrsam. Noch immer ist die Friedrichshafener Kripo, die gerade erst durch eine Kölner Hauptkommissarin verstärkt wurde, weit von einer Aufklärung entfernt. – Der spinnt wohl!! Wie kann der sich so was aus den Fingern saugen? Und was heißt hier zweiter Mord?!«

---

80 Ich hab es schon gelesen.

Wütend legt Bauer seine Tageszeitung weg, da erscheint die Kollegin.

»Hallo, wo kommst du denn so früh her? Siehst müde aus.«

Er erhebt sich schwerfällig aus Roses aktiv-dynamischem Schreibtischstuhl, um sich gleich wieder in seinem eigenen, durchgehockten nieder zu lassen.

»Wollet Sie einen Kaffee, Frau Gebhard?«

»Guten Morgen. Ich war bei Dr. von Stauffen.«

»Die ganz Nacht?«

»Seien Sie nicht albern, Eisele! Besorgen Sie mir bitte ein Wasser. Wenn's möglich ist, nicht im Plastikbecher. – Michi?«

Rose ist Bauers desolater Zustand nicht entgangen.

»Nichts. Wie verhext. Ich war heut Nacht bei Nadja und wir haben zusammen die halbe Stadt aus dem Bett geklingelt. Niemand hat bemerkt, wie er vom Seehasenwagen gestiegen ist. Die Lehrerin ist sich ganz sicher, drauf wär er gewesen, aber dann? Sämtliche Krankenhäuser negativ. Auch keine Nachrichten. Er ist wie vom Erdboden verschwunden. Und dieser Scheißkerl von Schwager sagt bloß, meine Schwester wär selber schuld. Sie hätte die Bälger haben wollen, dann müsste sie auch drauf aufpassen. Nicht zu fassen!! Denn wer klaut ein Kind, wenn nicht ein …« Bauer verharrt kurz und starrt ins Leere. »Ich hab Nadja was aus der Nachtapotheke besorgt. Jetzt schläft sie hoffentlich. Eine Beamtin ist bei ihr.«

»Tut mir leid.«

»Schon gut. Aber, was hat Dr. Albern denn zu bieten?«

»Eine ganze Menge.«

Montagvormittag an der Uferpromenade und der Teufel ist los.

Das im Goa-Style direkt am Ufer errichtete Café ist schon gut besucht. Während Bauer zwei Cappuccino bestellt, nimmt Rose ihre Sonnenbrille ab.

»Was ist das für ein Gebilde im Wasser?« Interessiert mustert sie das begehbare Kunstwerk, das etwa 20 m weiter im glitzernden Wasser steht. »Das war mir noch gar nicht aufgefallen. Sieht fast aus wie eine Bohrinsel. Im Bodensee gibt es doch kein Öl?«

»Das Klangschiff meinst du?«

»Ein Schiff soll das sein?«

»Ja. Soll den Frieden bringen. Und das in einer Stadt, die von Rüstungsfirmen lebt. Clever ausgedacht!«

»Tolles Zusammenspiel aus Formen und Farbe.«

Bauer geht nicht weiter darauf ein. Diese gut aussehende Frau, die neben ihm sitzt und so verführerisch riecht, leckt sich gerade einen neckischen Sahnebart von ihrem Mund!

»All die Leute hier, müssen die nicht arbeiten?«

»Es ist Brauch, dass die Chefs ihre Mitarbeiter an diesem Tag einladen. Find ich cool!«

»Könnte Ihnen so passen. Wir müssen zwei Tatorte finden! Die Spurensicherung sucht vorerst in einem Umkreis von einem Kilometer um Fundort eins nach Blutspuren und dem Messer. Eine Sisyphusarbeit, das ist mir klar, aber mehr Hinweise gibt es einfach nicht. Und wir beide suchen nach altem, schwarzem Hartplastik!«

»Kann es nicht auch ein Unfall gewesen sein? Der Patrik war betrunken. Vielleicht ist er in eine Prügelei geraten, auf irgendeinen verrotteten Gegenstand geknallt und übers Geländer gekippt. Heutzutage ist doch alles aus Plastik oder mit Plastik überzogen.«

»Immerhin sind wir zwei an seinem Vollrausch nicht ganz unschuldig: ›Ich hab noch Biermärkle übrig‹ … Schon deshalb muss ich seine Todesursache mehr als ernst nehmen. Zu unserer Entlastung und gegen die Unfalltheorie spricht Alberns geschätzter Todeszeitpunkt. Demnach wären viel zu viele Zeugen unterwegs gewesen. Eine Meldung über eine Schlägerei in der Nacht von Samstag auf Sonntag gibt es auch nicht. Und ich hab noch mehr!«

Sie berichtet von einem Telefongespräch mit dem Hafenmeister, das sie auf der Rückfahrt von der Gerichtsmedizin geführt hat.

»Er ist nicht in Ufernähe in den See gefallen. Zu viele Hindernisse, zu wenig Strömung und der Wasserstand ist zu niedrig. Nein, da hat jemand nachgeholfen!«

Bauer macht ein betretenes Gesicht. »Du hast Recht. Hab ich nicht bedacht. Dabei kenn ich die Friedrichshafener Bucht, ich fahr manchmal mit einem befreundeten Fischer raus. Bin ein Esel.«

»Sie sind im Stress. Kein Wunder bei den familiären Problemen, die Sie beschäftigen, Herr Kollege.«

Das war gezielt unter die Gürtellinie. Doch Rose ist es egal, manchmal muss man seinen Triumph eben auskosten. Ja, ihr Gespür hat sie nicht getäuscht! Es war eindeutig kein Unfall, sondern Mord. ›Und Kritik muss ein ehemaliger FBI Agent ja wohl einstecken können!‹

Doch der Herr Kollege reagiert nicht wie erwartet. Macht einfach weiter: »Kramer Junior. Hat so einer Feinde? Ein arbeitsloser Ingenieur, ledig, wohnt noch oder wieder bei Mama. Die Niete schlechthin.«

»Eben, dafür muss es Gründe geben.«

»Okay, ich ruf Otto an. Vielleicht spuckt sein Computer ja was aus.«

›Bauer wird diese Niederlage nie zugeben‹, da ist sich Rose ganz sicher.

Immer noch fasziniert von der Konstruktion aus Holz und rötlich schillerndem Stahl, die vor ihr im See verankert ist, löffelt Rose den Milchschaum vom Tassenboden, während der Kollege seinen Anruf tätigt.

»Otto! Warum ich so schreie? Frag doch it so bled. Ist der Kramer überprüft worden? Nein, Depp. Der Sohn! Ja, mach des.« Zufrieden klappt Bauer sein Handy zu. »Ich hab Kohldampf. Hast du heute schon was gegessen? Holen wir uns ein halbes Hähnchen.«

Ein lautes Knurren kommt aus Roses Bauch. ›Wie peinlich!‹ »Vorher muss ich Charly anrufen. Ich bin in aller Herrgottsfrühe aus dem Haus.«

Sie geht ein wenig abseits des Trubels und wählt.

»Mama, du erinnerst dich an deine verwaiste Tochter?! Guten Morgen. Wie war dein Date?«

»Sei nicht mehr sauer.«

»Bin ich doch gar nicht, oder doch? Sag schon.«

»Albern hat mich ganz schön veralbert.«

»Wer?«

»Du hast mir auch nicht verraten, wer Obelix ist, also. Was machst du gerade?«

»Du behandelst mich schon wieder wie ein Baby! Ich habe übrigens mit Oma telefoniert und ihr erzählt, dass ich die ganze Nacht in einer Ausnüchterungszelle verbringen musste, weil du keine Zeit für mich hattest. Du bekommst dein Fett weg, hat sie gesagt.«

»Aber, das stimmt doch so alles gar nicht!«

»Na und? Rache muss sein!«

»Charly, Paul und ich wollen Hähnchen essen. Kommst du auch?«

»Bin verabredet.«

»Hoffentlich nicht mit den Kerlen von gestern.«

»Mama!«

»Versprochen? Dann hab viel Spaß. Ähm, wart mal, ich möchte dir noch was sagen, ach verflucht! Ein Anrufer klopft gerade an. Ich muss Schluss machen.«

»Normal, wie immer! Ciao.«

»Gebhard.«

»Rosemarie, was ist los? Die Kleine ist völlig von der Rolle. Ich bin dabei, meine Koffer zu packen, um zu euch zu kommen!«

»Thea! Beruhige dich. Charly übertreibt mal wieder. Es ist alles in Ordnung. Oh, ich bekomme gerade einen Anruf. Ich melde mich wieder. Tschö, meine Liebe!«

›Noch mal gut gegangen. Was hat sie gesagt? Sie kommt? Na toll!‹

Nur ein paar Schritte von Bauer entfernt ruft Rose ihm zu: »Charly kommt nicht, aber dafür ist meine Schwiegermutter im Anmarsch. Wer könnte dafür wohl verantwortlich …« Sie erschrickt. »Paul? Paule! Was ist auf einmal mit dir los? Du bist ganz weiß im Gesicht! Ist was mit Michi?«

Bauer schüttelt nachdrücklich den Kopf. »Nein. Mir geht da nur gerade was … Ich muss telefonieren.«

Weg ist er. Das kennt sie nun schon zur Genüge. Mist!

Hauptkommissarin Gebhard lehnt gegen das altmodische Geländer der Uferpromenade und schaut nachdenklich Richtung Schweiz. Im Wasser, nur ein paar Meter entfernt, erhebt sich eine große Fontäne. Über den endlosen blauen Himmel ziehen einzelne weiße Schäfchenwolken.

›Hier irgendwo, ganz in der Nähe ist Patrik Kramer umgekommen, wahrscheinlich direkt vor meiner Nase. Soll ich jetzt etwa alleine die Nadel im Heuhaufen finden? Blödsinn. Aber schön ist es hier. Du hast halt einen schlechten Start erwischt. So schlimm wie in der Großstadt ist es in Friedrichshafen sicher nicht. Und Charly fängt sich schon wieder.‹

»Kann man nicht mal eine Sekunde … « Das Handy reißt Rose jäh aus ihren Gedanken. »Gebhard.«

»Eisele hier. Frau Kramer möcht eine Aussage mache.«

»Gut, wir äh, ich komme.«

Nach dem strahlenden Sonnenschein draußen wirkt das Präsidium wie die Gruft von Dr. Albern. Eben wird die in Haft Genommene in den Vernehmungsraum geführt. Sie lässt sich auf den einzig freien Stuhl sacken und klagt jämmerlich:

»Mein Patrik isch tot! Stimmt des wirklich?«

Die Hauptkommissarin nickt. »Es tut mir sehr leid. Erst den Mann zu verlieren und gleich darauf auch noch den Sohn. Das Schicksal ist manchmal grausam. Frau Kramer, kann ich irgendwas für Sie tun?«

»Sie? Nix! Sie sind doch viel zjung für so ebbes. Des könnet Sie no gar it verschdande! Gibt's da koin Vorgsetzte?«[81]

Auf das aggressive Misstrauen der alten Frau ist Rose nicht vorbereitet. Aber sie fängt sich schnell.

---

81 Sie sind noch viel zu jung für so etwas. Das können Sie noch gar nicht verstehen. Ist kein Vorgesetzter da?

»Täuschen Sie sich da mal nicht. Und der Chef bin ich. Also entweder mit mir, oder zurück in die Zelle. Aber um uns gegenseitig anzuschnauzen, sitzen wir nicht hier! Erzählen Sie mir einfach, was passiert ist.«

Das hat gesessen! »Wenn Sie s it anderscht wollet, guet.«[82]

Das Videogerät nimmt die beiden keifenden Frauen geduldig auf.

»S war it leicht, die Bube groß zu ziehe, mit dem Ma.[83] Aber er hat's au it oifach ghabt. Sei Familie isch vorem Krieg oine von de Reiche gwäse, hinterher it me ganz so. Vater Arzt und d Mutter eine Von und Zu. Sie wisset scho. Etepetete aber a Plumpsklo.« Anneliese Kramer atmet schwer.

»Beim erschte mal Hasefäscht[84] sollt au der Herbert d Haseklee kriege, nix bsonders, aber me wollt uns Kinder halt e Froid mache. Sein Vater, der alte Nazi, hat ihm des verbote! Das haben wir nicht nötig, hat er zu ihm gsagt. Dabei war der kloi Herbert so stolz auf seine Ohre, obwohl die selligs Mal no aus Pappe waret. Koi

---

82 Wenn Sie es nicht anders wollen, gut.

83 Die Buben groß zu ziehen war nicht einfach, bei dem Mann. Aber er hatte auch keine einfache Kindheit. Vor dem Krieg war seine Familie reich, hinterher nicht mehr so. Der Vater Arzt und die Mutter eine Von-und-zu. Sie wissen schon: etepetete, aber ein Plumpsklo.

84 Beim ersten Seehasenfest sollte auch der Herbert den Hasenklee bekommen. Nichts besonderes, aber man wollte uns Kindern eben eine Freude machen. Sein Vater, der alte Nazi, hat es ihm verboten! Das haben wir nicht nötig, hat er zu ihm gesagt. Dabei war der kleine Herbert so stolz auf seine Ohren, obwohl die damals noch aus Pappe waren. Kein Kostüm durfte er anziehen und bei keinem Umzug mitlaufen, die ganzen Jahre über, während sein Vater noch gelebt hat. Ich weiß das, weil wir zusammen aufgewachsen sind. Meine Mutter hat bei denen gebügelt.

Häs durft er aziehe und koin Umzug mitlaufe, die ganze Jahr über, als sein Vater no gläbt hat. I wois des deswäge, weil mir zsamme aufgwachse sind, mei Mutter hat bei dene bügelt.« Frau Kramer schnäuzt kräftig in ihr Taschentuch und wischt sich die Tränen aus dem Gesicht.

»Nach em Tod[85] vom Alte war's dann zu spät. Der Herbert hat nie nirgendwo dazu ghört, deshalb wollt dann au koiner meh was von ihm wisse! Sei Mutter würd sich im Grab rumdrehe, wenn die wüsst, dass mir zwoi gheiratet hend. Liebe war's ja it grad, aber des Kind in meim Bauch hat en Vater braucht. I glaub, er ischs sogar gwäse. Meine Leut hand jedenfalls gmoint, der isch e gut gschstellter Lehrer, guck oifach weg ... Wenn's a Mädle worde wär, hätt i se Viktoria gnennt. Der Johannes hoisst so wäge m Herbert seim Vater. Mit die Johr isch mei Mann dann immer seltsamer gworde und hat agfange, mi und unsre Kinder zu schlage.« Wieder laufen Tränen über ihre runzligen Wangen.

Roses Kopf dröhnt vor lauter Dialekt und dem Gefühl, da nicht mitreden zu können. »Die Nachkriegszeit war sicher für keinen einfach, der sie erlebt hat. Sollen wir eine Pause machen? Ich hole uns Kaffee, vielleicht treibe

---

85 Nach dem Tod des Alten war es dann zu spät. Herbert hat nie irgendwo dazu gehört, deshalb wollte auch nie jemand etwas mit ihm zu tun haben. Seine Mutter würde sich im Grab umdrehen, wenn sie wüsste, dass wir geheiratet haben. Liebe war's ja nicht gerade, aber das Kind in meinen Bauch brauchte einen Vater. Ich glaube, er war es sogar. Meine Familie hat jedenfalls gesagt, er ist ein gut gestellter Lehrer, guck einfach weg. Wenn es ein Mädchen geworden wäre, hätte ich sie Viktoria genannt. Der Johannes heißt nach Herberts Vater. Mit den Jahren ist mein Mann immer seltsamer geworden und hat angefangen, mich und die Kinder zu schlagen.

ich auch noch ein Stückchen Kuchen auf? Das tut uns beiden gut. Was meinen Sie?«

»I moin[86], als wenn des it scho gnug gwäse wär!« Ein abgrundtiefer Seufzer folgt. »Er hat angäblich junge Mädle beläschtigt. In seim Beruf, des müsset Sie sich mal vorstelle! Sein Rektor war bei uns dahoim. Um bessere Noten wär's gange. I han it alles genau verschdande, aber dass se's Minischterium raushalte wolltet, des scho. Ihr Beamte mauschlet doch sowieso alle, wenn's ums Syschtem geht!«

Rose reicht es. »Frau Kramer, können wir jetzt über ihren Sohn Johannes sprechen? Soll ich vielleicht einen Psychologen dazu bitten?«

»Noi[87], so an Kopfverdreher brauch i it. Was i eigentlich sage wollt isch, dass der Hansi mir fremd gworde isch. I hab Angscht ghabt, er könnt was mit dem Tod von seim Vater zu tue ghet han. I hab mir denkt, s'isch besser, i alte Frau geh ins Gfängnis und it mei Bue. Deshalb hab i gloge!«

»Ich weiß. Das hat zwar unsere Ermittlungen behindert, aber Sie können jetzt gehen.«

»Gehe? Hoim etwa? Da isch niemand mehr, um den i

---

86 Ich meine, als wenn das nicht schon gereicht hätte!
Er hat angeblich Mädchen belästigt. In seinem Beruf, das müssen Sie sich mal vorstellen! Sein Rektor war bei uns. Es wäre um bessere Noten gegangen. Ich habe nicht alles verstanden, nur dass sie das Ministerium raushalten wollten. Ihr Beamten mauschelt doch sowieso alle, wenn's ums System geht!

87 Nein, so einen Kopfverdreher brauch ich nicht. Was ich eigentlich sagen wollte ist, dass der Hansi mir fremd geworden ist, Ich hatte Angst, er könnte was mit dem Tod seines Vaters zu tun haben. Ich dachte, besser ich alte Frau geh ins Gefängnis als mein Sohn. Deshalb habe ich gelogen.

mi kümmre muss. Und für mi alloi isch des Haus viel z'groß.«[88]

»Das Problem kann ich Ihnen nicht abnehmen, Frau Kramer. Noch einmal mein aufrichtiges Beileid.«

Rose verlässt das Vernehmungszimmer und hat nur noch einen Gedanken: ›Jo sitzt seit gestern Nacht in einer Zelle, und wir haben ihn schmoren lassen!‹

Die Tür zum Fahrstuhl steht offen. Mit einem sehnsüchtigen Blick zur Treppe betritt Hauptkommissarin Gebhard den engen Raum, der sie schneller in die dritte Etage bringt.

»Eisele, Johannes Kramer ist hier irgendwo. Ich möchte ihn sprechen. Hat sich Bauer gemeldet?«

»Nein, i hab nix ghört. Den Kramer lass i vorführen. Der Arzt war übrigens heut Nacht bei ihm.«

Rose steht am Fenster und zupft gelbe Blätter von Eiseles Ficus Benjamini.

›Dir geht es wohl wie mir? Uns beiden fehlt etwas Wichtiges! Dir würde ein bisschen Dünger schon reichen, aber mir? Ich kann ihm nichts beweisen!‹

Es klopft und Jo erscheint in Begleitung eines uniformierten Kollegen. Er macht einen jämmerlichen Eindruck. Rose ist entsetzt. »Nehmen Sie ihm bitte sofort die Handschellen ab! Danke, ich brauche Sie vorläufig nicht.«

Um die Atmosphäre etwas zu lockern, wartet sie, bis der Beamte den Raum verlassen hat.

»Herr Kramer.«

»Frau Hauptkommissarin.«

---

88 Gehen? Heim etwa? (..) für mich allein ist das Haus viel zu groß.

»Herr Kramer, nehmen Sie Platz. Eisele, ein Glas Wasser bitte. Es tut mir wirklich leid, dass Sie so lange warten mussten.«

»Ich war versorgt. Was habt Ihr gegen mich in der Hand?«

»Eigentlich nichts. Aber, wenn ich das so sagen darf, die Situation gestern Nacht war derart unüblich. Wer feiert schon, wenn Vater und Bruder ermordet wurden und die eigene Mutter ins Gefängnis geht?«

»Ich. Dann kann ich ja wohl jetzt gehen.«

»Natürlich. Sagen Sie, trifft es zu, dass Sie und Paul sich am Samstagabend getrennt haben, wenn auch nur für kurze Zeit?«

»Das war, als wir bis spät nachts geredet haben? Ja. Sie kennen doch meinen Einkaufswagen. Der stört manchmal. Die Pizzeria oben an der Straße hat einen breiten Flur. Dort darf ich ihn zeitweise unterstellen.«

»Charly, wo bist Du?« ›Immer nur die blöde Mailbox.‹

»Eisele, hat der Kollege sich inzwischen gemeldet?«

»Chefin, Sie solltet was esse. Sie wirket irgendwie nervös. Unterzuckert vielleicht?«

»Danke für die Diagnose. Hat er?«

»Noi. Seit ich ihn wägen der Akte zurück gerufen habe, hab i nix mehr ghört. Aber sein Mercedes isch auf den Hof geschleppt worden. I denk mal, des war ein Anfänger. Des Auto kennt doch sonsch jeder.«

»Was für eine Akte?«

»Na die vom Patrik Kramer. Sie wolltet doch wissen, ob er scho mal auffällig war.«

»War er?«

»Scho!«

»Muss ich es ihnen aus der Nase ziehen, oder sagen Sie mir freiwillig warum?« ›Jetzt ist er bestimmt eingeschnappt, aber darauf kann ich heute keine Rücksicht nehmen.‹ »Also?«

»Vergewaltigung einer Mitschülerin. Boide minderjährig. Er isch von der Schul gflogen, aber die Anzeige isch dann zrück genommen worden. Sein Vater muss da was gedeixelt haben, deshalb gab's koi Anklage und er konnte den Schulabschluss doch noch machen. Dräck am Stäcke sozusagen.«

»Scheußlich, unter anderem auch Ihre Wortwahl, Eisele. Aber warum hat Paul darauf so heftig reagiert?«

»Ja wisset Sie denn it, dass sei Schwester au vergewaltigt worden isch?«

Irgendetwas klingelt bei Rose …

»Das Auto. Wo wurde es abgeschleppt?«

»Moment, des hemmer glei.[89] Auf dem Strafzettel steht: Halteverbot vor der Wapo.«

»Beim Fährhafen.«

»It direkt. Das Büro isch aber ganz in der Nähe.«

»Paolo, schmeckt es nicht?« fragt die schöne italienische Bedienung besorgt.

»Wie? Doch, doch. Mir ist nur irgendwie der Appetit vergangen.« Er stochert lustlos in seiner Lasagne herum und Stella wendet sich einem anderen Gast zu. »Noch ein Glas Bardolino? Kommt sofort.«

›Das darf doch nicht wahr sein!‹ Wütend wirft Bauer seine Gabel auf den Teller. ›Verarschen die mich? Nein, oder?‹ Er nimmt sein Handy und wählt Roses Nummer.

---

89 Das haben wir gleich. (Wapo = Wasserschutzpolizei)

»Kannst du herkommen? In die Pizzeria. Mir ist es lieber hier als im Büro. Ja? Gut, bis gleich.«

Gespenster treiben sich in seinem Kopf herum. Dunkle Ecken in Ghettos, schwangere Frauen, Kinder in Ketten, Penner, die in Pappkartons hausen.

»Bin ich denn verrückt geworden? Nein, ich will es nur nicht wahr haben!« Bauer fasst sich hilflos an die Schläfen, sein Lebensmut hat ihn verlassen.

»Was sagst du? Paule!« Rose setzt sich neben den sichtlich verzweifelten Mann.

»Du bist schon hier, so schnell?«

»War in der Nähe.«

»Ich glaube, ich verblöde. Ich war mal ein guter Polizist. Nichts ist mehr davon übrig.«

»Sei doch nicht so streng mit dir. Mir würde es nicht anders gehen. Von Michi …«

»Ja?« In seinen Augen ist Hoffnung, aber auch Angst.

»… haben wir immer noch keine Spur, leider.«

Er wendet das Gesicht ab, seine Schultern fangen an zu zucken.

Sie streicht über seinen Arm, will ihn tröstend an sich ziehen. Aber er wehrt sich und brüllt: »Bär war's! Nur, wie kann ich das jemals beweisen?!«

»Bär war was, und was müssen wir beweisen?«

»Wir?« Bauer blinzelt sie durch seine Tränen an.

›Wie lieb er doch aussehen kann.‹

»Nein. Du hältst dich da raus!« Er schreit es fast.

›Okay, das war deutlich!‹

Bevor er dieses Mal verschwindet, packt Rose seine linke Hand. »Paul! Was ist damals passiert? Kathrin hat schon so Andeutungen gemacht.«

»Was hast du mit meiner Schwester zu tun?«

»Nichts. Wir hatten nur ein Gespräch unter Frauen, auf der Freitreppe.«

»Ach ja, die Freitreppe. Ihr Lieblingsplatz. Bis zu dem unsäglichen Tag als ...«

»Ich weiß. Sie wollte ins Wasser.«

»Ich hab sie damals raus gezogen und dann richtig verhauen. Tut mir heute noch weh.«

»Die erste Liebe hat keiner von uns so einfach weggesteckt.«

»Da hast du Recht. Sie hat dieses Arschloch geliebt, mit Leib und Seele. Und er, was hat er getan? Er hat sie in die Wüste geschickt!«

»Und dann eure kleine Schwester angebaggert. Ich weiß noch mehr. Kathrin war schwanger. Von Bär? Von Kramer? Bär wollte das Kind jedenfalls nicht haben.«

Verwundert mustert Bauer seine Kollegin. »Ich muss hier raus. Gehen wir ein Stück am See entlang.«

Schon wieder ist er weg, aber gleich wieder da mit einer Bonbontüte in der Hand. »Magst du?«

Lutschend und sich gegenseitig anschweigend gehen die beiden in Richtung Rummelplatz.

»Ich muss dir was sagen. Als ich aus den Staaten zurückkam, tat ich das nicht nur wegen meiner Familie. Die wussten nichts davon, aber für mich waren sie sozusagen der Rettungsanker. Ich war kokainsüchtig. Bin da irgendwie reingerutscht, der Job drüben ist hart.« Er steckt sich ein Lakritz in den Mund und fährt fort: »Jedenfalls war Kathrin schwanger und ich wollte zeigen, was für ein cooler Typ ich doch bin.«

›Das auch noch!‹ Rose versucht, sich auf die Fakten zu konzentrieren: »Aber das Kind war nicht von Bär. Sie ist damals vergewaltigt worden. Hat er deshalb die Beziehung beendet?«

Wieder schießen Tränen in Bauers Augen. »Wenn du es so nennen willst. Er hat meine Schwester als Schlampe beschimpft und sich an unsere Kleine rangemacht. Mein Vater war der Situation sowieso nicht gewachsen. Ich hab versucht, Kathrin davon zu überzeugen, das Kind zu behalten, aber sie wollte nicht. Was gab es damals für Möglichkeiten, außer ihr meine paar Kröten aus den USA zu geben? Dann hab ich sie bald zwanzig Jahre nicht gesehen. Und Bär hat mit Nadja auf Familie gemacht!«

Er setzt sich auf eine freie Parkbank. Die Tüte rutscht ihm aus den Händen. Er achtet nicht drauf.

»Das ist lange her, Paul. Inzwischen muss erneut etwas passiert sein.«

»Du hast doch gehört, wie er über Kathrin gesprochen hat?«

»Ja, und?«

»Sie hat ihn nie vergessen!«

»Heißt was?«

»Ich vermute, sie haben sich wieder gesehen und Kathrin hat ihm gesagt, wer es gewesen ist.«

»Deswegen warst du im Büro der Wasserschutzpolizei!«

»Genau. Dienstpläne sind oft aufschlussreich.«

»Bist du sicher?«

Jetzt flüstert er nur. »Nein. Und Kathrin tut nix raus.«

»Aber vielleicht mir gegenüber.«

Hauptkommissar Bauer springt auf und geht ziellos an einer Schießbude, dann am großen Riesenrad vorbei. Rose folgt ihm durch eine Gasse blinkender, heulender

Fahrgeschäfte und anderer, lauthals angepriesener Attraktionen. Da macht Bauer abrupt kehrt.

»Vielleicht hast du Recht. Fahren wir zu ihr.«

Im Laufschritt nähern sie sich dem Fährhafen.

»Paul, ich sollte dir noch was sagen.«

»Was?«

»Nichts Besonderes, nur …« Rose hat Mühe, ihm zu folgen. »Wir sollten eventuell einen Wagen anfordern.«

»Nicht nötig. Meiner steht …? Stand gerade noch da.«

Der Streifenwagen fährt eine steile, kurvige Straße hinauf. In Roses Magen mischt sich der Geschmack von Zitronendrops mit Hunger nach Salzigem. Ihr wird schlecht. »Ist es noch weit?«

»Wir sind fast da. Geht's dir nicht gut?«

»Alles paletti. Ich dachte, solche Gebirge gibt's nur jenseits des Bodensees!«

»Das ist doch bloß ein Buckele!«[90]

»Ach ja?« Das Schild ›Friedrichshafen-Berg‹ war nicht zu übersehen gewesen.

»Gleich hast du's geschafft! Jetzt scharf rechts«, ruft Bauer dem Fahrer zu.

»I kenn mi aus, Herr Hauptkommissar. Zum Haus von Ihrem Vater werdet mir öfters gerufen. Der macht uns auf sei Art nämlich ganz schöne Probleme. Sein neueschtes Hobby isch, mit der Schrotflinte auf Katzen zu schießen. Des dritte links, stimmt's?«

Schon hält der Wagen vor einer Garageneinfahrt. Vom Blaulicht angelockt, drückt eine Nachbarin die Nase am Küchenfenster platt.

---

90 kleiner Hügel

Wuchernder Efeu, windschiefe Fensterläden, von denen die mattblaue Farbe blättert. Eine kaputte Fensterscheibe, herabfallender Putz. Das Haus hat eindeutig schon bessere Zeiten gesehen.

›Wie die Kulisse eines billigen Gruselfilms‹, denkt Rose. »Da wohnt dein Vater?«

»Der Garten war mal der Stolz meiner Mutter«, erzählt Bauer kleinlaut. »Hat sich zu lange keiner mehr drum gekümmert.«

Auf dem von Unkraut überwucherten Weg zur Haustür kämpfen sie gegen wild überhängende, vereinzelt blühende Rosentriebe.

»Wie lange, 20 Jahre?«

»Nicht ganz, Nadja hat sich anfangs noch bemüht, aber als dann die Kinder da waren … Und der alte Herr ist auch nicht gerade der charmanteste Zeitgenosse, wirst gleich sehen!« Er sucht umständlich an seinem Schlüsselbund, öffnet die Tür und ruft laut: »Ich bin's!«

Keine Antwort.

Der Flur riecht feucht, in das Wohnzimmer dahinter fällt staubiges Licht. Bauer geht voraus.

Der Mann im Rollstuhl draußen auf der Veranda blickt teilnahmslos vor sich hin. Eine halbvolle Obstlerflasche steht neben ihm auf dem Boden, das Glas in seinen Händen ist leer.

»Hallo, Vater. Wie geht's? Ist die Kathrin da?«

»Paule? Wo kommst Du denn so plötzlich her? Hast dich kaum verändert. Gib mir doch mal meine Pfeife.«

»Du sollst nicht rauchen, das weißt du doch, und sauf nicht so viel. Sag, wo ist die Kathrin?« Bauer steht angespannt da und schaut an seinem Vater vorbei.

»In meinem Haus verbietet mir niemand was!« schreit der alte Mann und greift nach der Flasche. Er füllt sein Glas bis an den Rand, nimmt einen hastigen Schluck und streckt dabei seinen faltigen Hals wie ein Vogel. »Du weißt doch, Junge, den Todestag deiner Mutter, den ertränk ich immer mit einem guten Tropfen! Und das Rauchen, das schadet mir nicht mehr. Bald folg ich ihr sowieso, meiner Emma. Gewöhn dich schon mal dran. Dann braucht ihr gar nicht mehr hier anrücken. Alles Schmarotzer!«

Sein Sohn scheint wenig beeindruckt. »Mamas Todestag war vor drei Monaten. Also …« Jetzt spricht er gefährlich leise. «Was feierst Du heute? Eine tote Katze?«

Rose zieht erstaunt die Brauen hoch. Diese Feindseligkeit hätte sie ihm nicht zugetraut.

»Darf ich mich vorstellen, Herr Bauer? Gebhard, Hauptkommissarin. Wir suchen Ihre Tochter. Sie weiß vielleicht ein paar Dinge, die uns in einem Fall weiterhelfen könnten.«

Der Alte betrachtet sie misstrauisch. »Dann gibst du mir halt meine Pfeife! Der Tabak liegt auf dem kleinen Tisch neben dem Fernseher. Kannst Rudi zu mir sagen.«

›Der duzt mich auch!‹ »Paul?«

»Gib sie ihm, steck sie ihm ins Maul!«

Keiner der beiden Männer sagt ein Wort, während Rose ins Zimmer geht, Pfeife und Tabak von einem mit Krümeln übersäten, abgekauten Resopaltisch nimmt und auf dem Rückweg anfängt, die Pfeife zu stopfen.

»Hier Herr … Rudi. Für meinen Vater hab ich das auch oft gemacht. Ist es gut so?«

Der alte Mann fingert ein Feuerzeug aus der Brusttasche seines fleckigen Hemdes, zündet es, zieht gierig, hustet. »Jaa!« Doch unvermittelt wettert er: »Einem Todkranken das Rauchen schmackhaft machen, das kannst du! Hast dich wohl mit dem da zusammen getan. Den Alten endlich unter die Erde bringen und dann das Erbe verjubeln. Aber daraus wird nichts! Hab alles dem Tierschutzverein vermacht, ha! Sollen die sich um die streunenden Viecher kümmern, die hier jede Nacht ihr Konzert veranstalten. Peng!«

Sein Lachen geht in einem grauenvollen Hustenanfall unter. Rose blickt Paul an, dem Zorn und Abscheu im Gesicht stehen. Ihr fällt es weniger schwer, sich zu beherrschen. ›Ein Säufer. Kein Wunder, dass der hier in seiner Bruchbude vergammelt!‹

»Sie täuschen sich, Herr Bauer. Ich bin hier, weil ich dringend mit Kathrin sprechen muss, aber ich glaube, mit Ihnen verschwende ich nur meine Zeit. Paul, wir gehen!«

»Oha, du hast Haare auf den Zähnen! Meine Frau war auch so eine Kämpferin. Die hat mir in meinen schlimmen Zeiten so richtig in den Arsch getreten! Und dann kommt so ein kleiner, widerlicher Virus und schnappt sie mir einfach weg!«

Schnaps rinnt über die zitternde Hand, die Pfeife fällt auf den Boden und er brüllt: »Sieh mich an! Was siehst du? Ein Wrack! Ja, das ist aus mir geworden. Unsere Kinder haben leider mein Gemüt geerbt. Keinen Biss, kein Rückgrat. Aber Du hast kein Mitleid! Das gefällt mir. Also, was willst du wissen?«

»Sagen Sie mir einfach nur, wann Sie Kathrin zuletzt gesehen haben, dann sind Sie uns auch schon los.«

»Die Kathrin? Die hat wenigstens die Augen ihrer Mutter, sonst taugt sie auch nichts.« Seine Blicke schweifen sehnsüchtig über knorrige Weinranken und wilden Efeu.

»Vater, du bist betrunken.« Paul Bauer wendet sich angewidert ab. »Verschwinden wir von hier, bevor ich …«

»Wartet! Sie hat gestern Abendessen gemacht, Grießbrei. Pfui Teufel! Das Kind weiß doch, dass ich den nicht mag. Dann ist sie verschwunden, einfach so, in ihre Mansarde, und hat nicht den Sonntagskrimi mit mir angeschaut!« Er driftet schon wieder ab, doch die Kommissarin schüttelt ihn an der Schulter.

»Ach ja, sie hat noch was Komisches gesagt. Heute Mittag, als sie weg ist. Dass es vorbei ist, und dass sie jetzt bald frei ist. So ein Quatsch. Die war mir immer schon ein Rätsel.«

»Frei?« Was er weiter nörgelt, hört Rose schon nicht mehr. »Schnell, Paul! Komm!«

Mit Sirenengeheul durchs Gedränge. Den Fahrer des Streifenwagens wundert sowieso nichts mehr. Der Hauptkommissar auf dem Beifahrersitz zieht seine Schuhe aus und zwängt sich anschließend auch noch aus den Jeans. In Hemd und Boxershorts springt Bauer aus dem noch rollenden Auto und ruft dem Beamten zu: »Fordern Sie einen Krankenwagen an!«

Rose wischt sich die verschwitzten Hände an ihren Knien ab. »Hoffentlich kommen wir nicht zu spät.«

»Sie isch schneller als i. Die Wette isch gwäse, in d Schweiz zu schwimme. Dann war mers Wasser z kalt. I säh se nimme.«[91] Der junge Mann lässt den Kopf hängen.

»Wo zuletzt?«

---

91 Sie ist schneller als ich. Die Wette war, in die Schweiz zu schwimmen. Dann war mir das Wasser zu kalt. Ich seh sie nicht mehr.

»Da, bei der zwoite Boje.«

»Okay. Idiot!« Bauer hechtet in den See und es vergehen viele unendliche Minuten, bis er, die halbtote Frau auf den Armen, unter dem Applaus der Zuschauer auf der Freitreppe erscheint.

»Schafft mir die Leute vom Hals!!!«

»Kathrin!«

»Rose? Tut mir leid …«

»Nein, mir tut es leid!«

Otto Eisele hat beide Bauers in Decken gehüllt. »Tee isch glei fertig.«

Paul funkelt seine Schwester an. »Du blödes Weib. Der Kerl ist es nicht wert!«

Rose versucht, ihn zu beschwichtigen. »Lass sie, siehst du denn nicht, wie verzweifelt sie ist?«

Irgendwas klingelt wie doof!

»Sodele, des tut sicher gut. Aber Vorsicht, der isch kochend hoiß.«[92]

»Eisele, wollen Sie denn nicht mal ans Telefon gehen?«

»I mach ja scho!«

In Bauer brodelt die Wut über wie heiße Milch, aber er beherrscht sich, lässt es sich nicht anmerken.

»Frau Hauptkommissarin, des war die Spusi. Die hent in irgend oim Gebüsch e Fahrrad gfunde.«[93]

»Na toll. Wir haben ein verschwundenes Kind, zwei Tote, zwei halbe Wasserleichen und nun auch noch ein Fahrrad. Ist es wohlauf oder ist es verstorben? Dann muss es sich leider hinten anstellen! Herrgott noch mal!!!

92 Voilà, das tut sicher gut. Aber Vorsicht, der ist kochend heiß.

93 Die haben in einem Gebüsch ein Fahrrad gefunden.

Wo sind wir eigentlich?!!! Okay, okay. Schon gut. Ihr zwei geht jetzt nach Hause. Das ist ein Befehl! Wollen doch mal sehen, ob ich hier Ordnung rein bringen kann!«

Bauer will aufmucken, aber dann nimmt er seine Schwester in den Arm und führt sie hinaus.

Otto ruft noch: »Paule, dei Auto steht auf m Hof.«

Gebhard und Eisele starren sich eine Minute lang an.

»Verbinden Sie mich mit dem Büro der Wasserschutzpolizei, dann mit Charly. Und, Otto, ich hab Sie vorhin angeschnauzt, war nicht so gemeint!«

»Nix passiert. – Die Wapo isch dran.«

Fünf Minuten später. Rose puzzelt, schiebt gedankenversunken Steinchen an Steinchen.

›Bär hatte Samstagnacht Dienst, noch dazu an Land. Wieso glaubt Paul, er hätte Patrik Kramer erschlagen? Hat der Kathrin damals vergewaltigt? Das wäre die einzige Erklärung. Oder ist er nur einfach sauer auf den Mann und verdächtigt ihn deshalb? Dann ist da noch der alte Kramer, auch mausetot. Der Johannes, seine Mutter.‹ »Wie hängt das alles zusammen? Wenn überhaupt.«

»Redet Sie mit mir, Frau Gebhard? I hab Ihre Tochter in der Leitung.«

»Okay, stellen Sie durch. Charly, Schätzchen. Wo bist du?«

»Mutter höchstpersönlich! Ich treibe mich gerade mit Drogendealern in dubiosen Kneipen rum. Die Päckchen sind in meinem Rucksack. Der eine hat gesagt, eine Vierzehnjährige fällt nicht so auf.«

»Du bist noch nicht vierzehn, außerdem würdest du in jeder Kneipe auffallen. Hast du wieder den kurzen Rock von gestern an?«

»Nein, aber das Shirt ist durchsichtig und ich trage keinen BH.«

»So so.« Sie kann sich ein Grinsen nicht verkneifen. »Ich höre im Hintergrund Kinderlachen. Also, wo?«

»Na ja. Das Kindertheater ist ganz nett. Nö, sogar ganz klasse. Ich hab ein Mädchen kennen gelernt, die ist hier auf dem Gymnasium. Irgendwas mit Zeppelin. Geh ich da nach den Ferien auch hin?«

»Volltreffer.«

»Supi Mama. Bin jetzt dran mit Getränke holen. Hier gibt es eine tolle Caipibar.«

»Untersteh dich!«

»Die verkaufen auch Cola.«

Die Verbindung ist unterbrochen. ›Meine Tochter! Ich kann mich doch auf sie verlassen!‹ Aber wieder keine Zeit zum Luftholen.

»Chefin. D Spusi kümmert sich jetzt au um des schwarze Plaschtik, und der Paul wär am Apparat.«

»Ich habe Kathrin zu Freunden gebracht, sie darf jetzt nicht alleine sein. Treffen wir uns an der Bar?«

»Der Dame ein Wasser, oder doch lieber en Prosecco? Und du, Paule?«

»Reich uns mal zwei Willi über die Theke. Die brauchen wir jetzt.«

»Ui, sind eure Ermittlungen im Seehasenmord so anstrengend? Übrigens, heut Vormittag waren zwei Jungs hier, die haben den alten Kramer gesehen, wie er in der Halle auf einem Wagen gestanden ist und gewinkt hat. Haben sich kaputt gelacht. Der eine hat noch gesagt, dass es ihm des wert gewesen wär, dass sein Fahrrad gestohlen worden ist.«

»Quatsch nicht, schieb rüber.«

»Hast du das eben mitbekommen? Hat nicht die Spurensicherung ein Fahrrad in den Uferanlagen gefunden?«

»Otto hat so was erwähnt. Aber in dem Trubel der letzten Tage sind bestimmt viele Räder verschwunden und tauchen jetzt irgendwo wieder auf.«

»Ja schon. Aber so könnte Jo ganz schnell seinen Vater eingeholt haben!«

»Hm, ist er noch in seiner Zelle?«

»Es bestand kein dringender Tatverdacht – Scheiße!!!«

Bauer kippt seinen Schnaps. »Ich gebe ihn in die Fahndung. Und wir fahren mal wieder zum Haus der Kramers.«

Rose, die ihr Glas erst nur in den Fingern hin und her gerollt hat, knallt es jetzt leer auf den Tresen.

Der Mercedes rast durch die Innenstadt.

Die Kommissarin hofft, dass sie sich irgendwann vielleicht an den Fahrstil gewöhnen wird. »Hat er gewusst, wohin sein Vater will?«

»Von der Halle aus lief er die Rotach entlang, da hat Jo ihn gesehen. Dann links ab, quer durch eine Siedlung und durch den Wald.«

»Woher wissen wir das so genau?«

»Weil wir gerade da sind, wo er aus dem Wald gekommen ist.«

»Nach Hause! Natürlich.«

Sie drückt zum wiederholten Mal die Klingel.

»Wer isch da?«

»Kriminalpolizei. Bitte öffnen Sie die Tür.«

In einen verwaschenen Steppmorgenmantel gehüllt und mit Lockenwicklern im Haar steht die alte Frau vor ihnen.

»Was isch denn no? Kann i it mei Ruh han? Kommet se rei.«[94]

»Danke. Ist Ihr Sohn Johannes zu Hause? Mein Kollege hat ein paar Fragen an ihn.«

»Der Hansi[95] hat seine Sache packt und isch gange. I hab ihn no gfragt, wohin er denn will. Er hat nur gsagt, dass des mi nix ageht. Aber nach dem schreckliche Streit wundert mi gar nix mehr. Da isch er nämlich mit dem Küchemesser hinter seim Vater her.«

»Wann soll das gewesen sein??« Bauer will's einfach nicht glauben.

»Ha, am Freitagabend.«

»Also doch!« In den Augen der Kommissarin funkelt es. »Hat er denn Geld oder Wertsachen mitgenommen?«

»Müsst i nachschaue.«

»Tun Sie das bitte, Frau Kramer. Es ist wichtig.« ›Und ich habe ihn laufen lassen! Unverzeihlich!‹

Die Frau geht durch den Flur in die Küche und die Kommissare folgen ihr. Als sie das kleine Schränkchen über dem Herd öffnet, stößt sie einen spitzen Schrei aus. »Die Zuckerdos isch leer, des war mei einzigs Geld.«

Bauer wählt sofort eine Kurzwahlnummer auf seinem

---

94 Was ist denn noch? Kann ich nicht meine Ruhe haben? Kommen Sie rein.

95 Der Hansi hat seine Sachen gepackt und ist gegangen. Ich hab ihn noch gefragt, wohin er denn will. Er hat nur gesagt, dass mich das nichts angeht. Aber nach dem schrecklichen Streit wundert mich gar nichts mehr. Da ist er nämlich mit dem Küchenmesser hinter seinem Vater her.

Handy. »Kollege, es geht um eine Fahndung! Johannes Kramer. Bahnhof, Flughafen und Schiffsverkehr sichern. Er kann schon am Nachmittag irgendein Beförderungsmittel benutzt haben. Ich will wissen, welche Richtung er genommen hat!«

Rose nimmt die schluchzende Frau in den Arm. »Setzen Sie sich, brauchen Sie einen Arzt?«

»Noi, s geht scho. Nur, wovon soll i jetzt läbe. I han koi Bankvollmacht.«[96]

»Die Zuckerdose hätte wohl nicht bis an ihr Lebensende gereicht.«

»Weiß man's?«

»Wie meinst du das?«

»Es gibt zwei Möglichkeiten. Entweder, sie wird nicht viel älter, oder sie hat richtig gespart. Schwäbin äbe.«

Bauers Handy klingelt.

»Ich geh ran. Bei dem Affenzahn, den du drauf hast, knallen wir sonst noch gegen einen Baum. Gebhard.«

»I bin's, Eisele. Der Johannes Kramer sitzt bei uns im Büro. Er sagt, er woiß ebbes über de Bue. Außerdem isch die Kathrin spurlos verschwunde.«[97]

»Wir sind gleich da!«

Das Videoband läuft.

»Letzte Chance Jo. Die Zelle wartet. Wo ist mein Neffe?«

Johannes Kramer weint jetzt lauthals. »Ich weiß es doch nicht!« Die pure Angst steht ihm im Gesicht.

---

96 Nein, es geht schon. Nur, wovon soll ich jetzt leben? Ich habe keine Bankvollmacht.

97 Er sagt, er weiß etwas über den Buben. Außerdem ist Kathrin spurlos verschwunden.

»Warum sitzen wir dann hier?«

»Kathrin lügt!«

»Was hat Kathrin damit zu tun?«

»Sie hat, ich glaube, sie hat ihn …«

»Zieh meine Schwester nicht in deinen Sumpf mit rein!«

Bauer schnaubt vor Wut, aber Kramer sagt nichts mehr. Die Kollegen im Nebenraum sitzen wie auf Kohlen.

»War das alles? Ich bin mit meiner Weisheit am Ende. Was will der von uns?«

»Frau Gebhard, man muss den richtig feschtnagle. Mord und Kindesentführung, wenn des it reicht! Die Aussicht auf eine Zelle wird den scho zum Rede bringe. Es wird bloß schwierig, heut no en Untersuchungsrichter aufztreibe.«[98]

Bauer kommt rein, knallt die Tür gegen die Wand. »Stimmt Otto. Aber für mich kein Problem.«

»Klar, ihr seid Euch einig!« Rose atmet tief durch, schließt ihre Augen und fährt fort, bevor noch irgendein schlauer Spruch folgt: »Mir kommt da so eine Idee! Wenn das allerdings in die Hose geht, versetzen die mich nach Buxtehude und ihr beide verteilt in Zukunft Knöllchen! Also Paul, du schaltest deine Connections ein und ich habe was Wichtiges zu erledigen. Eisele, begleiten Sie mich?«

»Ich folge ihnen, wohin Sie wollen, Chefin.«

»Otto? Sie sprechen ja Deutsch!«

---

98 den muss man richtig festnageln! (..) es wird bloß schwierig, heute noch einen U. aufzutreiben.

Fanfarenklänge aus allen Richtungen. Ein Doppeldecker fliegt waghalsige Loopings, auch der Zeppelin steht majestätisch über dem See. Menschenmassen haben sich am Gondelhafen versammelt.

»Ich hoffe, das sind keine Schaulustigen und wir haben erneut eine Leiche?«

»Scho, bald. Wenn Sie es so sähe wollet. Se versenket ihn jetzt wieder im See.«

»Wen?«

Die Frage erübrigt sich. Der Todgeweihte kommt lächelnd und winkend auf sie zu. Jubelnde Kinder laufen um ihn herum und zupfen ihn am Fell.

»Die ermorden ihn?!«

»Na ja, ermorde würd i des jetzt it grad nenne, oder doch? Auf alle Fälle könnt er sonscht nägschtes Jahr it wieder aus m See komme.«

»Verstehe!«

Ein Boot der Wasserschutzpolizei steht bereit, geschmückt mit grünen und weißen Luftballons und ebenso farbigen Wimpeln, wie sie zurzeit auch in der ganzen Stadt hängen. Das Mordfahrzeug, unverkennbar!

Aber für Rose ist der Kapitän viel interessanter. Sie durchschreitet die Absperrung an der Mole mit gezücktem Ausweis, geht resolut über den schmalen Steg auf das Boot und tritt ihm Auge in Auge gegenüber. »Ich bitte Sie um nicht allzu großes Aufsehen, Herr Bär. Ich nehme Sie hiermit fest. Sie stehen unter dringendem Mordverdacht.«

Bär fällt ein Korb aus der Hand, Möhren kullern über das Deck.

»S Futter für d Has!« Eisele bekommt feuchte Augen.

Unter den verwunderten Blicken der Zuschauer legt die Hauptkommissarin dem empörten Kapitän Handschellen an. Sie führt ihn ab, am Seehas vorbei, dem der Mund vor Staunen offen steht. Rose knurrt: »Und Du, du bist schon tot! Such dir einen anderen Piraten, der das heute noch mal erledigt.«

Allgemeines Gemurre ist zu hören, schwillt an. Doch da stimmen plötzlich einige Erwachsene ein Lied an: »Seehas bleibt da! Hurra, hurra!!!«

»Tja, ich habe euren Brauch zerstört. Und jetzt will ich Antworten!«

»Von mir?«

»Genau!«

»Kollege übernimmt. Mehr hab ich dazu nicht zu sagen.«

»Kathrin schon.«

»Worauf wollen Sie hinaus?«

»Die Vergewaltigung.«

»Das Miststück hätte mir schon vor vielen Jahren verraten müssen, wer unser Leben zerstört hat!«

»Also doch! Das Kind war nicht von Ihnen.«

»Ich dachte, Sie wüssten, dass Kramer ...«

»Bis gerade nicht. Aber Sie wussten inzwischen Bescheid.«

»Das Schwein!!!«

»Das Schwein ist tot.«

»Er hat es verdient.«

Damit lehnt sich Thomas Bär schweigend in seinen Stuhl zurück. Rose versucht erst gar nicht, aus dem verstockt dreinschauenden Mann noch etwas herauszubekommen. Sie schaltet das Aufnahmegerät ab, sieht ihn noch einmal mit einem triumphierenden Lächeln an und geht hinaus.

Auf dem langen Flur ist niemand zu sehen. Da verliert sie die Beherrschung und tritt mit dem Schuh gegen die Wand. »Verdammter schwäbischer Dickschädel! Ich war so nah dran, und dann macht der dicht!!!«

Schweren Herzens informiert sie den Kollegen Bauer.

»Was hast du?!!«

»Einen Versuch war's wert, aber ich Komme mit ihm alleine nicht weiter.«

»Bin gleich da!«

Zwanzig Minuten später stürmt Bauer ins Büro. »Wo ist er?«

»Beruhige dich erst mal. In dem Zustand lasse ich dich nicht zu ihm.«

»Wer bestimmt das? Du als meine Vorgesetzte?«

»Ja, Herr Bauer. Das bin ich!«

»Paule, Frau Gebhard hat Recht. Vielleicht hörst du dir erst mal das Band von der Vernehmung an.«

»Was ist denn mit dir passiert?! Wo ist dein Dialekt geblieben? Sind jetzt alle hier verrückt geworden?«

Otto Eisele zieht den Kopf ein, aber Rose kommt ihm zu Hilfe: »Endlich verstehe ich den Mann und du machst ihn deshalb nieder?«

Eine kurze Pause entsteht, in der sich die drei schweigend anstarren und dann plötzlich gleichzeitig aufeinander einreden.

»Tut mir leid, Otto.«

»Chefin, i wollt doch bloß die Situation rette.«

»Das haben Sie prima gemacht, Eisele!!!«

»Okay, Profiler Otto, wie hasch du dir dein Plan vorgschtellt?«

»Na ja. Der Ma isch eitel und arrogant. Vielleicht kann me den da packe! Chefin?«

»Nicht schlecht. Versuchen wir es einfach.«

Rose hat das verbohrte Gesicht noch genau vor Augen. Sie holt tief Luft und folgt Paul Bauer, der wie ein Irrer durchs Treppenhaus jagt, ihr dann aber den Vortritt lässt. Bär sitzt immer noch wie versteinert da.

»Raum eins, es ist jetzt Montag, 18.59 Uhr. Anwesend sind die Hauptkommissare Bauer und Gebhard, sowie der zu vernehmende Thomas Bär. Herr Kollege, warum glauben Sie, sind Sie hier?«

»Ihr Clowns habt doch nichts gegen mich in der Hand.«

»Da irren Sie sich. Sie sind verdächtig, Patrik Kramer erschlagen zu haben, weil er ihre frühere Freundin, Kathrin Bauer, vergewaltigt hat. Dass Sie davon wussten, haben Sie ja bereits im ersten Verhör mir gegenüber zugegeben.«

»Dumm gelaufen, was? Das hast du ausgesagt. Hat sie dich ausgetrickst oder bist du nur blöd?« Bauer trumpft auf: »Wir haben dich!!!«

Mit hochrotem Kopf springt Bär von seinem Stuhl. »Du intrigantes Arschloch! Wärst du bloß in Chicago geblieben! Sie sollte doch nur diesen Balg loswerden, ich hätte mein Kapitänspatent in Hamburg gemacht, die ganze Welt wäre uns offen gestanden. Aber dann kamst du daher und hast sie weich gekocht, dass sie das Kind behalten soll. Mit allen Mitteln hast du gegen mich gehetzt! Sogar mein Vorgesetzter hat sich von dir beeinflussen lassen und seine Empfehlung zurückgezogen. Damit war's aus mit meiner Karriere! …

Du hast mein Leben mit Kathrin kaputt gemacht! Hast keine Ruhe gegeben, jedenfalls nicht, bevor ich ihr schließlich den Laufpass gegeben hab!!!«

»Den Selbstmordversuch, und dass sie keine Kinder mehr bekommen kann, hat sie mir zu verdanken?! Willst du das damit sagen? Ich bring dich um!!!« Bauer stürzt sich auf den Mann und prügelt auf ihn ein.

»Herr Bauer! Paul!!!« ›Gut, er will es nicht anders!‹ Rose stößt mit aller Wucht ihr rechtes Knie in sein Hinterteil.

Bauer schreit auf. »Verdammt noch mal, was soll das? Der Kerl hat meine Familie auf dem Gewissen!!!«

Bär wischt sich mit dem Handrücken das Blut von der Nase und schüttelt rigoros mit dem Kopf. »Die war am Arsch von dem Moment an, als du aus den Staaten gekommen bist. Der Karrieremann und FBI Agent! Pff, dass ich nicht lache!!! Jerry Cotton für Arme. Rausgeflogen bist du bei denen. Denkst du wirklich, Schneenase, es wäre ein Geheimnis, dass du dich am Freitagabend bei den Anonymen rumtreibst?! Die eigene Schande unter den Teppich kehren und bei den anderen nach Dreck suchen! Und das alles nur, weil ich deine einfältige, kleine Nadja geheiratet habe anstatt ihrer großen Schwester, die mich mit ihrem blödsinnigen Schweigen angeblich ›schützen‹ wollte?! Warum musst du dich immer und überall einmischen?! Was hat's dir gebracht? Fühlst du dich gut, ja? Ich hab' bis zuletzt gehofft, Kathrin würde mir sagen, wer ihr das angetan hat. Bei uns wird so einem Perversen nämlich der Schwanz abgeschnitten!!!«

»Oder man zermatscht ihm die Birne.«

»Genau, du Looser!«

»Und dafür hast du zwanzig Jahre gebraucht. Erbärmlich!«

»Dir hat sie damals ja auch nicht gesagt, wer es war. Ich könnte schwören, du hättest nicht anders gehandelt!«

Jetzt will Rose es wissen. »Von wem haben Sie denn erfahren, wer Kathrin vergewaltigt hat?«

»Wie?«

»Na, dass Kramer der Vergewaltiger war.«

»Er hat es mir selber gesagt.«

»Herr Bär, sind Sie sich darüber im Klaren? Ich nehme das als Geständnis.«

»Was?!«

»Tja, Tommi. Was für ein Pech! Übrigens, ich glaube nicht, dass du in der JVA mit deiner schicken Uniform Eindruck schindest. Eher im Gegenteil!!«

Bauer ist sehr zufrieden und Rose schließt das Gespräch mit den Worten: »19.20 Uhr, wir überstellen Sie jetzt den Vollzugsbeamten.«

Sie stoppt das Band und beide verlassen den Raum und den geschockten Thomas Bär.

»Damit bist du raus, Paul. Der Mord an Patrik Kramer hängt offensichtlich mit deiner Schwester zusammen, und Johannes Kramer gibt an, sie hätte mit Michis Verschwinden zu tun. Sie sind befangen, Herr Bauer.«

»Spinnst Du?!«

»Bitte verlassen Sie das Büro.«

Schlagartig wird er blass. »Das machst du nicht mit mir!!!«

»Sofort!«

Ungläubig sieht Bauer ihr ins Gesicht. »Der Termin beim Untersuchungsrichter ist in einer viertel Stunde.« Sein Stuhl fällt krachend nach hinten, als er aufspringt und hinausstürmt.

»Das auch noch! – Wie soll ich mich Jo gegenüber verhalten, hast du eine Idee?« ruft Rose hinter ihm her.

Die dralle blonde Richterin verliest die Personalien. Staatsanwalt und Pflichtverteidiger nicken zustimmend, da Johannes Kramer nicht reagiert.

»Herr Kramer, Sie sind tatverdächtig, Ihren Vater niedergestochen zu haben, was zu dessen Tod geführt hat. Möchten Sie sich dazu äußern?«

Jo sitzt zusammengesunken auf einem Stuhl und starrt seine Schuhe an.

»Herr Kramer?«

Wieder keine Reaktion.

»Nun gut. Hat jemand der Anwesenden noch eine Frage an den Beschuldigten? Ansonsten schließe ich die Anhörung.«

Rose muss kräftig schlucken. Die Frau kenn ich doch?! Entschlossen steht sie auf.

»Frau Richterin, ich hätte da tatsächlich noch …« Und schon schießt sie los: »Jo, habe ich mich so in Ihnen getäuscht? Was ist mit Michi?«

»Was tut denn das zur Sache, Frau Gebhard?« Der Pflichtverteidiger versucht zu retten, was zu retten ist.

»Der Fall ist komplexer, als meine Kollegen und ich zunächst angenommen haben!« Rose ist das Zucken in Jos Gesicht nicht entgangen. »Ich möchte Herrn Kramer einen Deal vorschlagen. Er leidet an Klaustrophobie. Eine Gefängniszelle ist aus diesem Grund nicht unbedingt von Vorteil für ihn.«

»Darüber haben wir heute nicht zu entscheiden!«

»Doch, Frau Richterin. Wir haben es vermutlich mit einem weiteren Kapitalverbrechen zu tun.«

»Erläutern Sie mir das bitte etwas näher, Frau Gebhard.«

›Jetzt nur nicht schwächeln, ich brauche ihn frei. Aber warum habe ich das Gefühl, dass die Richterin auf meiner Seite ist?‹

»Johannes Kramer ist der einzige Zeuge in einem Fall von Kindesentführung.«

»Kindesentführung? Das kann ich nicht so ohne weiteres vom Tisch fegen! Herr Staatsanwalt, Herr Verteidiger, ich schließe hiermit die Haftprüfung und übergebe den Angeklagten in die Obhut der Hauptkommissarin.«

Als die beiden Frauen endlich alleine im Raum sind, schlägt Rose mit der Faust auf den Tisch. »Geschafft!!!«

»Frauenpower.« Die Richterin hängt ihre Robe an den Haken, zwinkert Rose zu und verschwindet geheimnisvoll lächelnd in ihrem Amtszimmer.

Zurück im Büro berichtet Otto, der bei der Anhörung Protokoll geführt hat, kurz das Neueste.

Paul klatscht in die Hände. »Gut! Er ist also draußen.«

»Des Zimmer näbe a isch auf jeden Fall größer als e Zelle im Knascht.«[99]

»Und, hat er auf ihre Worte reagiert? Können wir damit was anfangen?«

»Ja, er hat. Und noi, er isch verschtockt.«[100]

»Ich mach' das schon.«

»Paule, hasch du scho vergässe? Du bisch raus.«

»Okay. Lassen wir ihn zappeln, Otto. Geh du rein!«

---

99 Das Zimmer nebenan ist auf jeden Fall größer als eine Zelle im Knast.

100 Ja, er hat, und nein, er ist verstockt.

›Nichts lieber als das!‹ Endlich kann Eisele zeigen, was in ihm steckt.

Johannes Kramer schaut irritiert zur Tür, als da anstatt Hauptkommissarin Gebhard nur dieser unscheinbare kleine Kommissar erscheint und sich mit bissiger Miene mächtig vor ihm aufbaut.

»Ich bin Kommissar Eisele und nehm jetzt Ihre Aussage auf. Eigentlich isch der Fall glasklar und wir haben Sie dran wägen dem Mord an Ihrem Vater, weil nämlich Ihr Mutter gsagt hat, sie hätte den lauten Streit mit anghört und gesähen, wie Sie des Messer aus der Küche genommen haben. Dafür fahret Se de nägste fufzehn Johr ei, des isch gwies!«[101]

Kramer starrt ihn entsetzt an.

›Zefix![102] Hyperventiliert der jetzt?‹ argwöhnt Eisele, doch er bleibt hartnäckig.

»Es gibt da allerdings no was …! Sie haben Andeutungen über ein entführtes Kind gmacht und die Frau Gebhard isch der Meinung, dass das vorrangig sei. Hm! Ich persönlich denk halt, dass Sie sich bloß wichtigmachen wolltet und bei der Haftprüfung Theater geschpielt habet, um ihren Arsch zu rette, Herr Kramer. It schlecht! Lernt man so was, wenn me um d Welt reist?«[103]

Kramer windet sich unter der Last der Anschuldigungen, empfindet körperlichen Schmerz. Speichel rinnt aus seinen Mundwinkeln. »Ich hab mit all dem nichts zu tun!« stöhnt er nur.

---

101 Dafür fahren Sie die nächsten fünfzehn Jahre ein, das ist sicher.
102 Kruzifix!
103 Nicht schlecht! Lernt man so was, wenn man um die Welt reist?

»Mir machsch Du nix vor!« Eisele wähnt sich am Ziel. »Jetzt machen Sie endlich das Maul auf, bevor ich mich vergäss!«

Und Kramer bricht zusammen.

»Ihr habt ja alle Recht!!!« schreit er. »Ich war im Gefängnis. Schuldig oder unschuldig, spielt schon keine Rolle mehr, weil …«, und jetzt wimmert er nur noch, »diesmal hätt ich mir wirklich beinah die Finger schmutzig gemacht!«

Eisele stutzt. »Momentle. Ich hab des Video it eigschaltet, des hammer aber glei … So, saget se doch bitte den letschte Satz no e mal.«[104]

Entsetzt hört Rose Eiseles letzte Worte. »Was macht er da?!«

Bauer rauft sich die Haare. »Er vermasselt's!!«

»Kann man euch keine Sekunde alleine lassen? Ich war doch nur kurz beim Staatsanwalt. Der hat mich nämlich nach der Haftprüfung in sein Büro zitiert. Mein Alleingang der Richterin gegenüber hätte ihn kompromittiert! Ein solches Vorgehen hätte mit ihm abgesprochen werden müssen! Ob ich denn überhaupt Erfahrung mit Kindesentführung hätte! Dass solche LKA-Methoden hier fehl am Platz seien! … Damit sind wir den Fall Michael Bär offiziell los!! Und jetzt sägt ihr zwei auch noch an meinem Ast! Was soll das???« Sie ist außer sich.

Paul Bauer rechtfertigt sich in seiner saloppen Art: »Ich bin raus, du warst nicht da und Jo reif. Ich wollt's einfach wissen.«

---

104 Kleinen Moment, ich hab das Videogerät nicht eingeschaltet, das haben wir aber gleich … Sagen Sie doch bitte den letzten Satz noch mal.

»Wo Michi ist, mir schon klar.«

»So ist es. Und Otto hat das nicht mal so schlecht gemacht, bis … na ja.«

Zornesröte läuft ihr über die Wangen. »Manno! Idioten! Ihr habt den Kramer so verschreckt, dass er jetzt wahrscheinlich gar nichts mehr sagt. Scheiße!!!« Sie beißt sich auf ihre Unterlippe.

Bauer schluckt jeglichen Kommentar.

Rose fühlt sich zum Kotzen! Panik steigt in ihr hoch, da reißt sie ein Fenster auf. Die kühle Luft tut gut.

Auf der gegenüberliegenden Straßenseite prangt ein riesiges Plakat, das für ein Sonnenöl wirbt. Blaues Meer, unendlicher Sandstrand, Palmen, Sonne pur. Rose lässt sich für einen Moment von der Idylle hinreißen, da schießt ihr eine Erinnerung in den Kopf. Sonnenuntergang am Rheinufer, ein Gefühl unendlicher Freiheit. Jemand spielt Gitarre, einen Song von Bob Dylan. Ein pickliger Junge, der ständig an ihr rum fummelt. Sie will das nicht, nimmt fahrig einen Zug von dem Joint, der herumgeht. Ihr wird schlecht … ›Okay! Wehr Dich! Du bist ein Profi und kein unerfahrener Teenager mehr!‹

Zurück in der Gegenwart klingt die Stimme der Hauptkommissarin jetzt ganz ruhig: »Mir wurde nahegelegt, beide Morde schnell aufzuklären und unbedingt die Medien raus zu halten. In Köln beißen die sich nur in die Schwänze, wenn Neuwahlen anstehen. Also lasse ich mir nicht vorschreiben, wie ich meine Fälle zu lösen habe, auch wenn sich hier jemand ganz kräftig in die Hosen pisst. Ich weiß selbst, was ich zu tun habe!«

Vehement verschafft sich Rose Zutritt zum Nebenraum, blickt auf die Uhr an der Wand.

»Fürs Protokoll: 20.35 Uhr, Hauptkommissarin Gebhard übernimmt das Verhör. Eisele, lassen Sie uns bitte allein.«

Kramer wartet, bis der Kommissar die Tür hinter sich geschlossen hat, dann fragt er blass im Gesicht und mit gesenktem Kopf: »Gilt der Deal?«

Zustimmend nickt Rose. »Aber nur, wenn Sie endlich mit der Wahrheit rüberkommen.«

»Auf welche Art von Wahrheit seid ihr denn scharf!? Bin doch schon längst verurteilt in euren Augen!«

Doch dann schießt er los, spuckt fast vor Sarkasmus. »Also gut. Ich hab ein Fahrrad gestohlen und bin meinem Vater gefolgt. Er war schon fast in der Haustür, da hab ich ihn erwischt. Er konnt es erst nicht fassen, als ich vor ihm stand. Muss so ne Art Déjà vu für ihn gewesen sein: Er im Seehasenkostüm und ich lach ihn aus. Und das nach so vielen Jahren!«

Jo streicht sich über eine kleine Narbe auf seiner linken Wange. »Zugegeben, ich war nicht mehr ganz nüchtern. Und ich hab jeden Moment damit gerechnet, dass er wieder zuschlagen würde! Aber dieses Mal hätt ich mich gewehrt, dem Alten so richtig in die Fresse gehauen! Zuerst geschah jedoch nichts. Der stierte bloß ungläubig. Aber dann … Er fing an, mich zu verhöhnen! Ihm wär schon immer klar gewesen, dass ich nichts tauge. Schau dich doch mal an, du Penner! Wenn deine Mutter sieht, was aus dir geworden ist! Und so weiter. Das war einfach zu viel, ich hab geheult: Das ist deine Schuld! Du hast mein Leben kaputt gemacht, die Mutter bloßgestellt. Du bist schuld, dass der Patrik sich um den letzten Verstand säuft. Ja, du in deinem lächerlichen Fell! Ich bring dich um, hab ich geschrien.

Da hat er sich umgedreht und ist getürmt. Und hat gebrüllt: Heut ist mein Tag! Alle sollen mich sehen! Ich bin der wirkliche Seehas!!!« Das Gesicht von Johannes Kramer ist von Ekel verzerrt. »Ja, und ich bin dann hinterher, mit dem Messer in der Hand.«

»Und haben zugestochen.«

»Nein, verdammt!!!«

Besorgt kratzt sich Otto Eisele im Nebenraum den Kopf.

»Irgend ebbes schtimmt scho wieder it.«[105]

»Du hast es auch bemerkt, Otto?«

»Na klar. Der Johannes musste zerscht in d Küche, um a Messer zu hole. Er kann also it gwisst han, wohin sein Alter gflüchtet isch. Der allerdings muss seim Mörder direkt in die Arme glaufe sei.«[106]

»Wollen Sie mich verarschen, Jo? Ihr Vater hat Ihr ganzes Leben versaut! Sie hatten die Gelegenheit, genug Wut im Bauch, eine Waffe in der Hand – und waren dann zu feige? Das nehme ich Ihnen nicht ab!«

»Ja, jemandem was anzuhängen, der sowie nichts taugt, ist einfach. Und das Motiv liegt auf der Hand. Nur, der Weg war falsch!«

»Mord ist immer der falsche Weg. Damit reden Sie sich nicht raus.«

»Sie verstehen nicht. Ich bin die Riedleparkstraße Richtung Stadt gelaufen, und ich bin sicher schneller als der alte Mann. Da war er aber leider nicht.«

---

105 Irgendwas stimmt schon wieder nicht.

106 Der Johannes musste zuerst in die Küche, um ein Messer zu holen. Er kann also nicht gewusst haben, wohin sein Vater geflüchtet ist, Der allerdings muss seinem Mörder direkt in die Arme gelaufen sein.

»Aha! Dann hätten Sie ihn also wirklich niedergestochen?«

»Bestimmt! Aber das hat ja dann ein anderer für mich erledigt.«

»Ein anderer? So so. Da können Sie ja von Glück reden. Was ist aus dem Messer geworden?«

»Ich war wie von Sinnen. Und plötzlich waren da Leute. Jemand hat mich angequatscht, was ich denn mit dem riesen Ding vorhätte, da kam ich wieder zu mir. Ich hab's in den nächsten Mülleimer gesteckt. An mehr kann ich mich nicht erinnern!«

»Wir werden das überprüfen. Aber jetzt zu Michi. Ein siebenjähriges Kind! Wenn Sie etwas zu sagen haben, Jo, dann jetzt!«

»Bitte glauben Sie mir doch endlich. Ich hab nichts getan, außer dass ich immer zur falschen Zeit am falschen Ort bin! Und jedes Mal muss ich dafür büßen.«

»Okay, Sie tun mir jetzt auch richtig leid, aber geistigen Beistand müssen Sie sich schon woanders suchen. Ich will, dass der Junge wieder nach Hause zu seiner Mutter kommt. Also … sag was, oder ich lass dich vermodern!!!«

Flehend sieht Johannes Kramer die Hauptkommissarin an. »Helfen Sie mir. Nur nicht in eine Zelle, bitte!!!«

›Gleich reißt mir der Geduldsfaden!‹ Ganz langsam sagt Rose: »Schieß endlich los!«

Fasziniert beobachtet Eisele das Geschehen. »I hätt's it besser mache könne!«

»Halt's Maul, Otto!« Bauer ballt seine Fäuste: »Wenn der jetzt noch mal behauptet, dass meine Schwester …«

»Komm, beruhig di. Wichtig isch, was die Gebhard

gsagt hat: des Kind ghört hoim! Hör zu, jetzt schwätzt er.«[107]

»Ich kenn Pauls Schwestern noch aus Kinderzeiten. Nadja war zu jung, aber die Kathrin ist uns immer an den Hacken gehängt, wenn wir dabei waren, irgendwas auszufressen. Paul erinnert sich bestimmt noch an den Kuhfladen, den wir meinem Vater in seine Ledermappe gesteckt haben! Alle Lateinarbeiten waren unlesbar. Es war ihre Idee und wir haben die Schläge dafür bekommen, aber von dem Tag an hat sie zu uns gehört!«

Die Hauptkommissarin nickt. »So so, Kuhscheiße. Aber können Sie jetzt bitte mal zur Sache kommen?«

»Ich … ich wollte doch nur …« stammelt Jo, dann reißt er sich zusammen. »Bin ihr in den letzten Wochen öfters begegnet. Mal war sie ausgelassen, fröhlich, dann wieder total depressiv. Am einen Tag hat Kathrin sich gefreut, mich zu sehen, am nächsten wollte sie mich nicht mal kennen. Da hab ich sie aus Neugier beobachtet. Sie hat sich häufig mit dem Thomas Bär getroffen.« Angstschweiß steht auf seiner Stirn, aber Johannes Kramer fährt unbeirrt fort. »Gestern sah ich Nadja an der Schule. Sie hat alle Leute nach ihrem Sohn gefragt. Ich hab mir erst was dabei gedacht, als die Kathrin mir später über den Weg lief, mit einem Kind an der Hand. Etwa so groß.« Sein Arm fuchtelt nervös in der Luft herum. »Ich weiß nicht, wie der vermisste Bub aussieht, aber sie war merkwürdig. Sie ist weg gerannt, mit dem Kind. Mehr weiß ich nicht!«

---

107 Komm, beruhige dich. Wichtig ist, was die Gebhard gesagt hat: das Kind gehört nach Hause! Hör zu, jetzt redet er

Die drei sitzen im Büro und starren Löcher in die Luft. Keiner ist fähig, etwas zu sagen.

Otto Eisele kratzt sich, wie so oft wenn er nachdenkt, den Kopf. Dann resümiert er ganz behutsam: »Wenn i eins und eins zusamme zähl, behauptet der tatsächlich, dei eigene Schwester hat den Michi entführt. Welches Kind sollt des au sonsch gwäse sei? I fass es it!«[108]

Rose reagiert zuerst. »Ich will das auch nicht glauben, aber ich denke, er sagt die Wahrheit! Paul?«

Bauers bedrückte Mine spricht Bände. »Warum sollte sie so was getan haben? Dem Kerl trau ich nicht mehr. Ich will sicher gehen. Komm mit!«

Der Mercedes braust mit einem Affenzahn die Strecke entlang. Roses Gesichtsfarbe ist grüner als sonst.

»Ach, welch' Glanz in meiner Hütte!«

»Herr Doktor. Was tut sich denn so in der Unterwelt?« gibt sich Bauer gelassen.

»Viel! Der da hinten hat die ganze Nacht Mundharmonika gespielt. Und ich hab mit der charmanten Puppe hier dazu getanzt. Zwei Unfallopfer von letzter Nacht. War mal ein hübsches Mädchen! So, ihr kommt jetzt wieder in den Kühlschrank. Was sollen denn die Hauptkommissare von euch denken?! Erst die Feuerwehr und den Steuerzahler in Anspruch nehmen, und dann hier unten schamlos weiter feiern. Na, na. Sind ein schönes Paar gewesen, wenn ich das so sagen darf.«

Es folgt ausnahmsweise kein geräuschvolles Lachen.

---

108 Wenn ich eins und eins zusammen zähle (..) Welches Kind sollte das auch sonst gewesen sein? Ich fass es nicht!

Rose beobachtet den Pathologen, wie er sorgsam und mit Bedacht die beiden Toten verstaut.

Ihr Kollege wird zusehends ungeduldig. »Kann ich helfen?«

»Kommissar Bauer, nicht wahr? Nein, nein. Sonst steht mir ja auch niemand zur Seite. Ihre Kollegin kennt das schon. Faule Säcke, alle miteinander.« Rose zuckt merklich zusammen, als von Stauffen ihr vertraulich zuzwinkert. »Was kann ich denn heute für Euch tun?«

»Nur eine Frage. Das Messer, mit dem Kramer Senior erstochen wurde, war das diesem hier ähnlich?«

»Wo kommt das denn her?« Rose runzelt die Stirn. Die Klinge wirft in dem unwirklichen Licht einen gespenstischen Schatten an die Decke.

»Später.«

»Prachtstück von einem Tranchiermesser. Alle Achtung. Und so ordentlich geschliffen!«

Bauer beherrscht sich. »Also, was glauben Sie?!«

»Glauben ist wohl das falsche Wort. Wollen Sie mich in meiner Ehre kränken? Erstens: der Glaube führt uns oft in die Irre. Die Vergangenheit beweist das. Lesen sie es nach. Es gibt tausende von Büchern darüber. Schon Freud hat gesagt, oder war es Nietzsche?«

»Himmel!«

»Ja, der hat auch damit zu tun. Und zweitens: Nein.«

»Wie?«

»Niemals. Steht übrigens alles in meinem Bericht. Perlen vor die Säue, was?!« Mit einem beleidigten Unterton fährt er fort: »Das Messer war gezackt und viel kürzer. Ich kann Ihnen anhand der Leiche die Einstichkanäle zeigen. Die sind ausgefranst und ich habe sie nachgemessen.« Dann wird er plötzlich versöhnlicher. »Nein, mit diesem Messer hätte man ganz andere Möglichkeiten gehabt!« Von Stauffens Augen glänzen fast diabolisch.

Rose nickt Bauer zu. »Jo ist nicht der Mörder seines Vaters, das ist damit sicher. Die Spurensicherung wird sein Messer in einem Mülleimer finden und was er sonst gesagt hat, stimmt vermutlich auch.«

»Das war's auch schon, danke!« Bauer knirscht mit den Zähnen und geht fluchtartig zum Ausgang.

Rose hechtet ihm hinterher. »Viel Spaß noch mit Ihren, wie soll ich mich ausdrücken, Kumpels?«

»Ja, das trifft wie die Faust aufs Auge. Aber wollen Sie mich wirklich schon verlassen? Ich könnte Ihnen ein Abendessen anbieten. Oben, aus der Kantine. Dann finden Sie sich vielleicht sehr bald wieder hier unten ein. Ha ha ha!!!«

»Wohnt der eigentlich da?« Rose schnallt sich hastig an und blickt besorgt auf die an ihr vorbei fliegenden Baumreihen.

»Du meinst in einem seiner Kühlfächer?« Auf Bauers Gesicht erscheint ein zähes Lächeln. »Denkbar, oder? Soll gut für den Teint sein. Hält frisch.«

»Verrätst du mir jetzt bitte, woher dieses Messer kommt?«

»Das lange, scharfe? Mit dem man ungeahnte Dinge anstellen kann?«

Rose räuspert sich angestrengt. »Ja, das.«

»Aus Frau Kramers Küche. Jo hat sich dort ein ganz ähnliches genommen. Erst dann hat er sich auf die Suche nach seinem Vater gemacht.«

»Erst dann?«

»Den Alten zu Hause zu finden war logisch. Aber in

welche Richtung ist er nach dem Streit geflüchtet? Das konnte Jo echt nicht wissen.«

»Dann glauben wir ihm jetzt alles, was er gesagt hat?«

»Fürchte ja«, presst Bauer zwischen seinen Lippen hindurch.

Der Mercedes versucht sich durch den zähen Verkehr der Innenstadt zu schlängeln. Überall sind noch Leute unterwegs. Blasmusik schwappt durch das halb heruntergelassene Fenster des Wagens herein. In Roses Kopf reihen sich die Gedanken aneinander.

»Dann hat Kathrin auch den Michi!«

Bauer ist grantig, schlägt auf das Lenkrad ein, hupt und schreit gleichzeitig aus dem Fenster: »Aus dem Weg, ihr Penner!«

Zwei Fußgänger auf einem Zebrastreifen bringen sich vor dem offensichtlich irren Autofahrer in Sicherheit. Die nächste Ampel steht auf Rot.

»Bär hat doch seit Wochen eine neue Bleibe. Und Kathrin trifft sich mit ihm. Ist es denkbar, dass sie einen Schlüssel hat und sich dort mit dem Jungen versteckt?«

»Was? Verflucht, wo ist mein Handy. Ruf Otto an, er soll Nadja nach der Adresse fragen.«

Grün! Rose wird bei dem Versuch zu telefonieren unsanft in ihren Sitz gedrückt.

»Eisele, ich bin's. Ich klinge komisch? Nein, alles okay. Wir sind auf dem Weg. Rufen Sie Frau Bär an. Wir brauchen die neue Adresse ihres Mannes.«

Zwei Straßen vor dem Präsidium dudelt ein Klingelton.

»Kid Rock?!«

»Charly hat den runter geladen, ich weiß nicht, wie

man den wieder ... Ja? Eisele, bleiben Sie dran! Deine Schwester will sich von ihrem Mann scheiden lassen.«

»Recht hat sie! Scheiß rote Welle. Und, wo ist die Bude?« schreit Bauer und gibt einfach Gas. Rose klammert sich mit verschwitzter Hand am Türgriff fest.

»Ja Otto, ich bin noch dran. Wie heißt das? Kitzenwiese. SEK und einen Krankenwagen, so unauffällig wie möglich! Schicken Sie mir die Adresse und Telefonnummer per SMS.«

Bauer wendet und hupt sich wie ein Verrückter wieder stadtauswärts durch. »Sozialer Wohnungsbau, das passt zu unserem Entensheriff.«

Fast gleichzeitig mit dem Sonderkommando treffen sie am Garagenplatz hinter dem Hochhaus ein. Der Einsatzleiter begrüßt die beiden Kommissare lediglich mit einem Kopfnicken. »Fünfter Stock nach vorne raus, die Wohnung ganz rechts. Es brennt kein Licht. Sollen wir stürmen?«

»Wart noch. Ich ruf mal an und Ihr beobachtet die Fenster, ob sich was tut.« Bauers Hände zittern, als er die Nummer in sein Handy eintippt. Er lässt es klingeln. Rose wippt nervös von einem Bein aufs andere. Plötzlich rauscht ein Funkgerät.

»Die Vorhänge wurden gerade zugezogen«, meldet einer der Beamten.

Rose nickt. »Also doch. Sie ist da. Wenn sie Michi bei sich hat, könnte es gefährlich werden. Ich geh nach oben und spreche mit Kathrin durch die Tür. Einer Frau öffnet sie vielleicht.«

»Sollen wir uns schussbereit machen, Frau Hauptkommissarin?«

»Geschossen wird auf keinen Fall! Und bleiben Sie um Himmels willen in Deckung. Paul, kommst du mit?«

»Gehen wir!«

Rose drückt beherzt gleichzeitig alle Klingelknöpfe des obersten Stockwerks. Sie haben Glück. Irgendjemand ist zu Hause und betätigt den Summer. Sie nehmen die Treppe, um unnötige Fahrstuhlgeräusche zu vermeiden. Die Überraschung könnte helfen.

»Da hinten muss es sein. Sie darf auf keinen Fall merken, dass du auch da bist!«

Vor der Wohnungstür holt Rose tief Luft, dann klopft sie energisch.

»Kathrin, ich bin's. Mach bitte auf. Ich möchte mit dir sprechen.«

Stille.

Mit beiden Händen schlägt die Kommissarin mehrmals gegen die Tür und schluchzt dann laut auf. »Ich habe so gehofft, dass du da bist!«

Bauer zieht erstaunt die Augenbrauen hoch, aber auf einen Wink seiner Kollegin hin halten beide den Atem an.

Tatsächlich! Geräusche sind hinter der Tür zu hören. Jemand schaut durch das Guckloch. Sonst tut sich nichts.

»Kathrin, bitte! Ich bin unbewaffnet. Ich will mich doch nur vergewissern, dass es Michi gut geht. Er ist doch bei dir? Wenn nicht, ist ihm vielleicht etwas Schreckliches zugestoßen. Der arme Junge!«

Wieder ist ein Rascheln zu hören … Dann geht alles sehr schnell. Bauer tritt urplötzlich mit brachialer Gewalt die Tür ein. Kathrin liegt mit blutiger Nase im Flur, Rose läuft an ihr vorbei.

»Michi, wo bist du?«

Der Kleine sitzt mit müden Augen am Küchentisch und isst Schokoladenpudding. Nicht den ersten, dem total verschmierten Gesicht nach zu urteilen.

»Hab ihn. Alles okay!«

»Alles okay!« schreit Bauer den Kollegen vom SEK zu. »Wir haben ihn!« Dann packt er seine Schwester bei den Schultern und zieht sie unsanft hoch. »Du Geisteskranke! Was hast du getan?!«

Die beiden Ohrfeigen hallen im Treppenaufgang. Jetzt erst sieht er das Messer, das auf dem Boden liegt. Gezackte Klinge.

»Nehmt sie mit, bevor ich ihr den Hals umdrehe!!!«

Kathrin wird von zwei Beamten abgeführt. Leichenblass und schweißüberströmt schließt Bauer seinen Neffen in die Arme. »Wir bringen dich jetzt nach Hause, Michi. Okay? Sicher, dass er keinen Arzt braucht?«

»Ganz sicher. Höchstens einen nassen Waschlappen. Nadja erkennt ihn ja kaum, mit diesem braunen Papp um den Mund. Komm, kleiner Mann, wir gehen ins Badezimmer und Onkel Paul ruft deine Mami an.«

»Alle sind ausm Häusle. Der Bub isch gsund und wieder dahoim.«[109]

»It heule, Otto!«

»›s isch bloß die Freud.« Eisele schnäuzt sich kurz und ist dann wieder voll bei der Sache. »Des Messer wird scho auf Spure untersucht. Se machet schnell!«

---

109 – Alle sind aus dem Häuschen. Der Junge ist gesund wieder zu Hause.
– Nicht weinen, Otto.
– Ist bloß die Freude. (..) Sie machen schnell.

Rose sinkt erschöpft auf ihren Schreibtischstuhl.

»Hat sie schon was gesagt?«

»Noi. Sie isch it ganz bei sich. Irgendwie schaut sie irre aus der Wäsch. Der Arzt isch grad drin, wäge der blutige Nas.«[110]

»Herr von Stauffen, so ein Zufall. Philipp, nicht wahr? Ich freue mich richtig, Sie hier zu sehen!« Die Kommissarin streckt ihm strahlend ihre Hand entgegen. »Ist die Frau vernehmungsfähig?«

»Frau Gebhard, wie angenehm. Ja, ich denke schon. Sie ist zwar etwas verwirrt, aber je länger Sie warten, umso mehr igelt sie sich ein. Ich habe ihr ein Beruhigungsmittel gespritzt. Die Nase ist allerdings gebrochen.« Er hält immer noch Roses Hand fest.

Bauer zieht die Brauen hoch. »Der Pathologe ist Ihr Bruder! Sie sehen ihm aber verdammt ähnlich! Ich dachte im ersten Moment, ich hätte meine Schwester vielleicht umgebracht. Äh, würden Sie jetzt bitte meine Kollegin los lassen?«

»Wie Sie wünschen, Herr Kommissar. Man sieht sich.« Dann wirft er noch ein »Adele allerseits!« in die Runde und verlässt den Raum.

Etwas enttäuscht blickt Rose dem attraktiven Mann hinterher. ›Und es liegt vielleicht doch an diesem schrecklichen Licht, dass mir Dr. Albern nicht so …‹ Sie schüttelt leicht den Kopf, dann wendet sie sich um.

»Paul! Egal, wie es dir gerade geht, sei nicht so aggressiv! Wie kann das eigentlich sein, dass du die beiden

---

110 Nein, sie ist nicht ganz bei sich. Irgendwie hat sie einen irren Blick. Der Arzt ist gerade bei ihr wegen der blutigen Nase.

nicht kennst? Wenigstens den puppenlustigen Gerichtsmediziner?«

«Hat sich halt nicht ergeben. Diese Art von Handwerk ist mir unheimlich. Hab mich bisher immer nur aus Supermanns Akten schlau gemacht.«

Rose spürt Pauls Anspannung mehr als ihr lieb ist.

›Der ist eifersüchtig, da kann er nicht auch noch zugeben, dass er in der Pathologie Angstzustände kriegt.‹ Vorsichtig versucht sie, ihn ein bisschen aufzuheitern.

»Ich geh ja auch nicht gern hin. Mir werden die Knie weich, wenn ich nur daran denke! Vielleicht lassen wir uns in Zukunft erst vom Notarzt eine Beruhigungsspritze geben und besuchen dann seinen Bruder?«

»Lass das! Verlieren wir keine Zeit. Ich will jetzt endlich die Wahrheit wissen. Und wenn ich sie aus ihr raus prügle!«

»Nein. Du wartest hier.«

»Scheiß drauf! Sollen die mich doch suspendieren! Kommst du endlich?«

Das Telefon klingelt.

Eisele greift sich den Hörer. »Die KTU isch dran.«

Gebhard und Bauer erstarren.

»Ja, i hör. Aha … hm … also doch. Danke Kollege.«

Er legt langsam auf.

»Was??« Bauer sieht ihn entgeistert an.

Eingeschüchtert brabbelt Eisele: »Tut mer leid, aber … Also auf dem Messer sind Blutschpure, und die stammet eindeutig vom Herbert Kramer!«

Kathrin Bauer sieht müde aus. Ihr Blick ist hohl.

»Kathrin, möchtest du uns etwas sagen? Schau, der

Michi ist wieder bei seiner Mutter. Es ist nichts weiter passiert. Freu dich doch. Hörst du mich?«

Da brüllt Bauer los: »Was soll das Gesülze? Den eigenen Neffen entführen!? Die hat sie doch nicht mehr alle! Aber was soll man von jemandem erwarten, der einen Menschen auf dem Gewissen hat? Ich fass es nicht!!!« Er wischt sich mit dem Hemdsärmel den Schweiß aus dem Gesicht.

Aber Rose lässt ihn nicht weiter auf seine Schwester eindreschen. Sie schlägt aus dem Bauch heraus einen ganz anderen Weg ein. Ihre Stimme ist sanft.

»Der Patrik Kramer hat dich damals vergewaltigt. Stimmt doch. Und du hast dich dafür gerächt. Warum gerade jetzt, nach so langer Zeit?«

Als sie den Namen hört, zuckt Kathrin fürchterlich zusammen.

Paul Bauer blickt nicht mehr durch. ›Wieso jetzt plötzlich – den Patrik auch? Bär hat doch …‹ Entsetzt hängt er an Roses Lippen.

»Mit viel Glück und einem milden Richter geht das vielleicht noch als Totschlag durch, aber was hat dir der alte Kramer getan, dass er auch sterben musste? Die Tatwaffe ist das Messer, das wir bei dir gefunden haben.«

Verständnislos sieht Kathrin Rose in die Augen.

»Du warst es nicht?«

»Nein!!! Doch nicht seinen Vater! Ich … ich hab den Patrik in der Nacht an die Freitreppe gelockt und mit einem Stein erschlagen. Das Messer fiel aus seiner Hosentasche, als er die Stufen abgerutscht ist und ins Wasser fiel. Warum ich es eingesteckt hab, weiß ich nicht.«

Bauers Stimme klingt gepresst: »Und Bär hat nichts damit zu tun? Ich glaub dir kein Wort!«

Er gibt Rose einen kraftlosen Wink, dass sie weiter machen soll. Zitternd sitzt er seiner Schwester gegenüber.

Kathrin seufzt. »Der Tommi … Er ist zu allem fähig, deshalb hab ich ihm nie gesagt, wer mir Gewalt angetan hat. Ich wollte doch nicht, dass er Dummheiten macht. Ich liebe ihn doch!«

Die Kommissarin packt Kathrin bei der Hand. »Bleib wach! Warum hast du den Michi entführt? Der hat doch überhaupt nichts mit eurer ganzen Geschichte zu tun!«

Die Finger spielen mit den roten Locken und Kathrins Augen nehmen jenen merkwürdigen Ausdruck an, den Rose schon einmal gesehen hat. »Ach nein? Was wisst Ihr denn schon? Tommi war an dem Abend im Pavillon so zärtlich zu mir, dann sagte er plötzlich: Sei froh, dass du den unseligen Balg losgeworden bist, jetzt fangen wir ganz von vorne an. Aber ich war nie sicher … Das Kind hätte ja auch von ihm sein können.«

Bauers Atem zischt. Doch seine Schwester spricht sich gnadenlos den Kummer von der Seele. »Dann hab ich auf einmal aus der Dunkelheit diese verhasste Stimme gehört. Da dachte ich plötzlich: Die sind doch alle gleich!!! Tommi sollte auch fühlen, wie es ist, ein Kind zu verlieren!«

»Sag jetzt nichts mehr. Ich besorg dir einen Anwalt.«

Mit letzter Kraft bäumt sich Kathrin auf: »Nicht nötig, Rose! Ich bin froh, dass endlich alles raus ist. Irgendwann hätte er den kleinen Michi sowieso in seiner Wohnung gefunden. Angst über den Verlust sollte er spüren! Mehr nicht. Das war nur gerecht.

Ich wollte …«

Ihr Gesicht verzerrt sich. Dann sackt sie vorn über und schläft mit dem Kopf auf dem Tisch ein.

Die ältere Dame mit dem schicken Hut, an dem eine Fasanenfeder unheilvoll wippt, ist außer sich! »Sie Schnösel wollen mir also damit sagen, dass ich erst um 3.20 Uhr wieder eine Verbindung an den Bodensee bekomme, bei der ich nicht stundenlang in Ulm festsitze? Ticken Sie noch richtig? Was kann ich denn dafür, dass mein Taxi im Stau stand?! Hier, meine Bahncard erster Klasse, tun Sie gefälligst was!!!«

Der Bahnbeamte schließt achselzuckend den Schalter und Oma Gebhard zieht verunsichert mit ihrem Rollkoffer los, um sich im Kölner Hauptbahnhof nach einem zu später Stunde noch akzeptablen Lokal umzusehen.

Bauer läuft wie ein Wilder durchs Büro. Dann knallt er seinen Kopf gegen die Wand. »Was war das?!! Die gehört doch in die Klapse!!!«

»Bleib ruhig, Paul! Sie lügt. Dass sie den Alten nicht erstochen hat, glaub ich ihr allerdings. Fakt ist außerdem, dass Patrik Kramer nicht am Ufer in den See gefallen sein kann. Wie kommt das Messer aber dann in ihren Besitz? Die Beweislast ist erdrückend. Wenn Kathrin diesen Mord gesteht, dann nur aus einem Grund! Ist Bär noch bei uns oder schon in der JVA? Eisele?«

Rose fällt zwar fast um vor Müdigkeit, aber Bauer musste jetzt so viel einstecken, da kann sie das nicht einfach auf morgen verschieben.

»Ja, in oiner der Zelle unte.«[111]

»Wecken Sie ihn, und bringen Sie ihn rauf.«

»Scho bassiert.«[112]

---

111 Ja, in einer der Zellen unten.

112 Wird sofort erledigt.

Ihr Kollege starrt sie an. »Bär gehört mir! Der soll sich trauen und mir ins Gesicht sagen, dass meine Schwester eine Mörderin ist!!«

»Moment. »Hallo?« Irgendwas grölt ›Whisky Alabama‹. »Nicht jetzt, Thea! Ich ruf Dich zurück!« brüllt Rose in ihr Handy.

»Paul, ich mach das alleine. Du siehst von hier aus zu. Vertrau mir einfach.«

Vor der Tür zum Verhörraum massiert Rose mit einer Hand ihren Nacken. Mit letzter Kraft drückt sie die Türklinke nach unten.

»23.34 Uhr. Anwesend sind Hauptkommissarin Gebhard und Schiffsführer Thomas Bär.« Rose bleibt vor dem Mann stehen und stützt sich mit beiden Händen auf der Tischplatte ab. »Tut mir leid, wenn Sie aus dem Schlaf gerissen wurden, aber es gibt erfreuliche Nachrichten. Kathrin Bauer hat soeben den Mord an Patrik Kramer zugegeben. Damit sind Sie fein raus. Ein freier Mann. Sie haben ein reines Gewissen? Dann gehen Sie. Gehen Sie, wenn Sie wirklich wollen, dass die Frau, für die Sie Ihre Familie aufgegeben haben, die nächsten 15 Jahre im Gefängnis verbringt.«

Bär sagt nichts.

»Ich hab jetzt Feierabend. Ach ja, Michi haben wir auch gefunden. Aber ihre Einstellung zu Kindern ist ja kein Geheimnis mehr. Also dann …« Eine Neonröhre flackert auf. Während Rose ihre Akten wahllos zu einem Haufen zusammen schiebt, bleibt Bär wie hypnotisiert sitzen.

»Haben Sie mir noch was zu sagen? Ansonsten würde ich jetzt gerne eine heiße Dusche nehmen und ins Bett gehen.«

Der Mann ihr gegenüber blinzelt verschlafen. Er trägt ein zerknittertes hellblaues Hemd, eine fleckige, dunkelblaue Hose und riecht nach Schweiß. Es ist nicht mehr viel übrig von dem gut aussehenden, selbstbewussten Sunnyboy. Aber die erhofften Worte kommen, zögerlich zunächst.

»Ich … mir glaubt doch sowieso keiner.«

Er hängt an der Angel!!!

»Ach nein? Aber Sie wollen mir jetzt um diese Zeit plötzlich erzählen, was am Samstagabend passiert ist? Nö, keinen Bock mehr. Ich gehe nach Hause! Morgen früh, so gegen zehn, sprechen wir uns. Ich bin sehr gespannt auf Ihre Geschichte!« Bedrohlich sieht sie auf ihre Armbanduhr.

»Ich … Frau Gebhard, ich mach's kurz!«

»Na gut. Drei Minuten. Schießen Sie los!«

»Er hat Kathrin und mich zufällig beim Knutschen erwischt und uns blöd angequatscht. Das heißt, er wusste wohl nicht, dass wir das waren, es war zu dunkel. Aber sie hat so heftig reagiert, panisch weg gelaufen ist sie, dass mir endlich ein Licht aufgegangen ist. Und da hab ich ihn mir gepackt. Schon nach dem ersten Schlag ging er in die Knie und hat gewinselt. Ich hab auf ihn eingeprügelt, aber der hat sich nicht mal gewehrt. Dann war er still …

Erst wusste ich nicht, was ich jetzt tun sollte. Aber dann … Niemand würde uns bemerken! Alle starrten wie gebannt nach oben, auf das Feuerwerk!« Bär reißt sich die zwei obersten Knöpfe seines Hemdes auf. »Ich wollte es ihn spüren lassen! Einfach nur spüren lassen! Den Schmerz! Und ob ich ihm danach den Hals umdrehen würde, keine Ahnung. Aber dazu mussten wir zuerst mal dort weg!!«

Bauer sprengt fast die Türe auf. »Du Drecksau!!! Und meine Schwester hat die ganze Schuld auf sich genommen, nur um deinen Arsch zu retten?!«

Rose hält ihren Kollegen am Oberarm fest. Der schnauft schwer.

Bär sieht ihn nur an und fährt dann fort. »Ich war ja in Uniform. Kein Mensch würde Verdacht schöpfen, wenn ein Beamter der Wapo einem Betrunkenen auf die Beine hilft. Also zog ich ihn hoch, legte seinen Arm um meinen Hals und schleppte ihn bis zum Yachthafen. Ich hatte ihn gerade auf mein Segelboot gehievt, als Kathrin auf dem Steg stand. Was jetzt?! Also rief ich, sie soll aufs Boot kommen, schnell! Dann warf ich den Motor an und wir fuhren aus dem Hafen.

Auf dem Wasser draußen war die Hölle los, die ganze Bucht voller Schiffe. Das Feuerwerk war vorbei und ich musste höllisch aufpassen, weil mir ja jetzt alle entgegen kamen. Und da kotzte sich der Scheißkerl auch noch die Seele aus dem Leib.«

»Noch ein Grund, ihn umzubringen, hä? Dein kleines Schmuckstück voll zu kotzen?!«

»Bauer!«

»Okay, okay!«

»Die Kathrin hat die ganze Zeit still in einer Ecke gehockt. Aber dann ist sie plötzlich aufgesprungen und hat geschrien: Was soll das werden?! Willst du den jetzt umbringen oder was? Ich konnte ihr nicht mal sagen, was ich vorhatte. Ich wusste es ja selber nicht! Und da … da fing der Patrik an, wie irre zu lachen!«

»Und da hast du ihn umgebracht.«

»Lass ihn reden, Paul!«

»Ja, mir war danach. Ganz ehrlich. Aber in dem Moment stotterte der scheiß Motor und ging aus. Verdammt! Ich musste Segel setzen. Patrik hat jetzt gezetert, wir sollen ihn sofort zurückbringen! Was das soll! Was wir uns einbilden! Alle Weiber seien Schlampen, das wüsste doch jeder! Lauter so Zeug. Also hau ich ihm ein paar rein. Doch da heult die Kathrin plötzlich, ich soll aufhören! … Der Patrik hat nichts mehr gesagt.

Ich wollte nur noch aus der verdammten Bucht raus. Wir hatten zwar wenig Wind, aber es würde schon gehen. Ich hab das Großsegel frei gemacht, damit ich es hochziehen kann. Und da fängt er wieder an: Er hätte das nicht gewollt! Sein Alter sei schuld. Der hätte immer so abfällig über Mädchen geredet, hätte sie belästigt, auch die Kathrin … Aber der widerliche Bock würde jetzt für immer das Maul halten. Abgestochen hätte er ihn! Mit einem Messer, in der Unterführung hinter der alten Feuerwehr. Der wär als Seehas verkleidet und total aggressiv gewesen. Und niemand hätte es so richtig bemerkt, weil der Alte ja erst mal weiter gelaufen sei …

Ich hab das erst gar nicht kapiert!! Er hat dann noch gesagt, sein Bruder sei ja nicht dazu fähig gewesen, der hätte ihn schon damals im Stich gelassen, also hätte er es selber tun müssen. Und da war mir plötzlich klar: das war ein Geständnis, verdammt! Der Typ ist ein Mörder!!! Die Kathrin hat es auch erst nicht geglaubt. Was hast du gemacht? Deinen Vater abgestochen?? Und da ist er zusammengebrochen und hat nur noch geheult …

Mir war das alles viel zu viel. Dieser ganze Hass! Ich war plötzlich ganz ruhig, hab gesagt, dass er dafür in den Bau geht und dass wir jetzt zurückfahren. Der Patrik hockt nur noch zusammen gesunken in der Ecke. Ich geh nach vorne, an den Mast, um das Großsegel hoch zu ziehen. Da springt dieser Irre auf und will auf Kathrin los! Und in dem Moment …«

Bär schluchzt.

»In dem Moment ist WAS passiert?« Die Worte der Hauptkommissarin sind kaum hörbar.

»Der Großbaum kam … , wie soll ich Ihnen das erklären? Der Großbaum, also das Metallrohr, an dem das Segel unten befestigt wird, war ganz lose, weil ich die Großschot schon frei gemacht hatte, um das Segel hoch zu ziehen. Und plötzlich sind da mordsmäßige Dampferwellen. Ich hab sie nicht kommen sehen, weil ich ja … Das Boot fängt jedenfalls total an zu schaukeln, der Großbaum schlägt mit voller Wucht von der einen Seite des Schiffes auf die andere und … trifft den Patrik mitten ins Gesicht. Das Geräusch war furchtbar!!! Er wurde einfach in den See gehauen und ist sofort untergegangen …«

Bauer sieht Rose an, die immer noch an ihrem Daumennagel kaut.

Sie nimmt den Finger aus dem Mund. »Und was haben Sie dann gemacht?«

Bär starrt sie hilflos an. »Was glauben Sie denn? Erst mal nichts. Wir waren völlig geschockt!!! Später haben wir dann noch das Blut und das … andere abgewischt, was an dem Beschlag für die Reffleine geklebt hat. Am Großbaum, so ein schwarzer, kleiner Haken aus Plastik. Den hat's richtig zerschlagen!«

»Nicht mal Totschlag im Affekt. Kathrin wird das wohl bezeugen. Passt alles zu dem, was wir schon wissen, ich meine, das tiefe Wasser und die Art der Verletzung. Eisele, sind die Kollegen unterwegs?«

»Ja, Chefin. Die Spusi sichert grad des Boot. Bei Tageslicht fanget se dann a, die Beweise zu suche.«[113]

In diesem Moment rutscht der große Zeiger der Uhr auf den Kleinen.

»Mitternacht! Und alle drei Fälle gelöst!! Gute Arbeit, Kollegen.«

Eisele strahlt. Die Hauptkommissarin gähnt fürchterlich, dann strahlt sie zurück.

Da umarmt Bauer seine Chefin ganz einfach. »Meine Kaiserin! Du bist genial!«

»Lass das nicht das LKA wissen. Die holen mich sonst zurück.«

»Dich nimmt mir keiner mehr!«

»I geh dann mal hoim. Gut Nacht.«

›Jetzt zwinkert der auch noch!‹

---

113 Bei Tageslicht fangen sie an die Beweise zu suchen.

DIENSTAG

Wie redest du denn, Kind?

Rosemarie Gebhard macht vorsichtig die Augen auf. ›Hat es nicht eben geklingelt? Wer traut sich denn um … Oh Gott, schon fast zehn!‹

Barfuß und schlaftrunken tappt sie durch den Flur.

»Komme! … Äh, Thea?! Was machst du denn hier?«

»Oma ist da, um mich zu beschützen!« Charly fällt der alten Dame um den Hals. »Omi!!!«

»Meine Süsse!« Beherzt reißt sich Schwiegermutter Gebhard aus der stürmischen Umarmung und schwingt Angst einflößend ihre Hutnadel.

»Rose! Wenn du schon nicht zurückrufst, könntest du wenigstens deine SMS mal ›checken‹, sagt man so?

Jott Kinder, ihr könnt euch nicht vorstellen, was ich durchgemacht habe!! Erst steht mein Taxi im Stau, dann erklärt mir so ein Jeck, ich bekäme keinen direkten Anschluss mehr in dieses, dieses Kaff. Vor lauter Aufregung verlaufe ich mich im Bahnhof. Zeit war ja nicht das Problem, aber dann will ich meinen Kaffee bezahlen und muss feststellen, jemand hat im Gewühl meine Geldbörse geklaut! Wie unmanierlich!! Ein netter älterer Herr half mir dann aus der Patsche, wir haben Telefonnummern ausgetauscht. Natürlich hatte ich mein Ticket in der Manteltasche. Also lasst euch das gesagt sein: niemals Papiere und Geld am selben Ort aufbewahren!!! Aber auf mich hört ja sowieso keiner.

Immerhin war der Nachtzug erfreulicherweise nicht so

voll und ich konnte wenigstens meine müden Beine hochlegen! Zum Glück. Aber dreimal umsteigen, ein defektes Förderband in Ulm und weit und breit kein freundlicher Mensch, der dir hilft! Treppe runter und wieder rauf in fünf Minuten, mit Koffer! Und hier bin ich!!!«

»Toll! Jetzt komm doch erst mal rein, Thea!«

»Nein, Sissi. Nicht bevor du mir den Mann vorstellst, der da in dem Morgenrock, den ich dir geschenkt habe, im Flur steht!«

»Oma, das ist der Paule. Paule, Oma.«

»Freut mich, Sie kennen zu lernen, gnädige Frau.«

»Na dann braucht ihr mich ja nicht mehr!« Rose grinst, streckt sich behaglich und geht zurück in ihr Schlafzimmer. Bauer verschwindet im Bad.

»Hat sie einen Lover?« fragt Oma Gebhard neugierig.

»Der Paule isch cool. Der hat mich verhaftet. Und ganz brav auf dem Sofa übernachtet, wenn du des genau wisse willsch!«[114]

»Wie redest du denn, Kind?«

»Des ghört so[115], Oma! Und jetzt komm endlich und schau dir unsere neue Wohnung an.«

Als Paul sich wieder heraus traut, lehnt Rose lässig im Flur an der Wand. »Was hast du eigentlich mit der blonden Richterin zu tun? Gefährliche Liebschaften?«

»Nein, aber alte Liebe roschtet it![116] Ich war mal nah dran, eine Familie zu gründen, hat aber nicht geklappt. Und deine Mutter, mag sie mich?«

---

114 wenn du es genau wissen willst!
115 Das ist richtig so.
116 alte Liebe rostet nicht

»Nö.«

»Oh!«

»Vielleicht ein wenig, und steck dein Hemd in die Hose. Ist das dein Handy, das so brummt?«

»Kaum wird's mal wieder spät für mi[117] und i penn auf einer fremde Couch, werd i scho erzoge! Sackradi! Otto, was hemmer? Mach du des Protokoll mit dene Bube, i hab grad andere Verpflichtunge.«

»Frühstück!!!« ruft Charly aus der Küche.

ENDE

117 Kaum wird's mal wieder spät für mich und ich schlafe auf einer fremden Coach, werde ich schon erzogen! Verdammt! Otto, was gibt's? Mach du das Protokoll mit den Jungs, ich hab gerade andere Verpflichtungen.

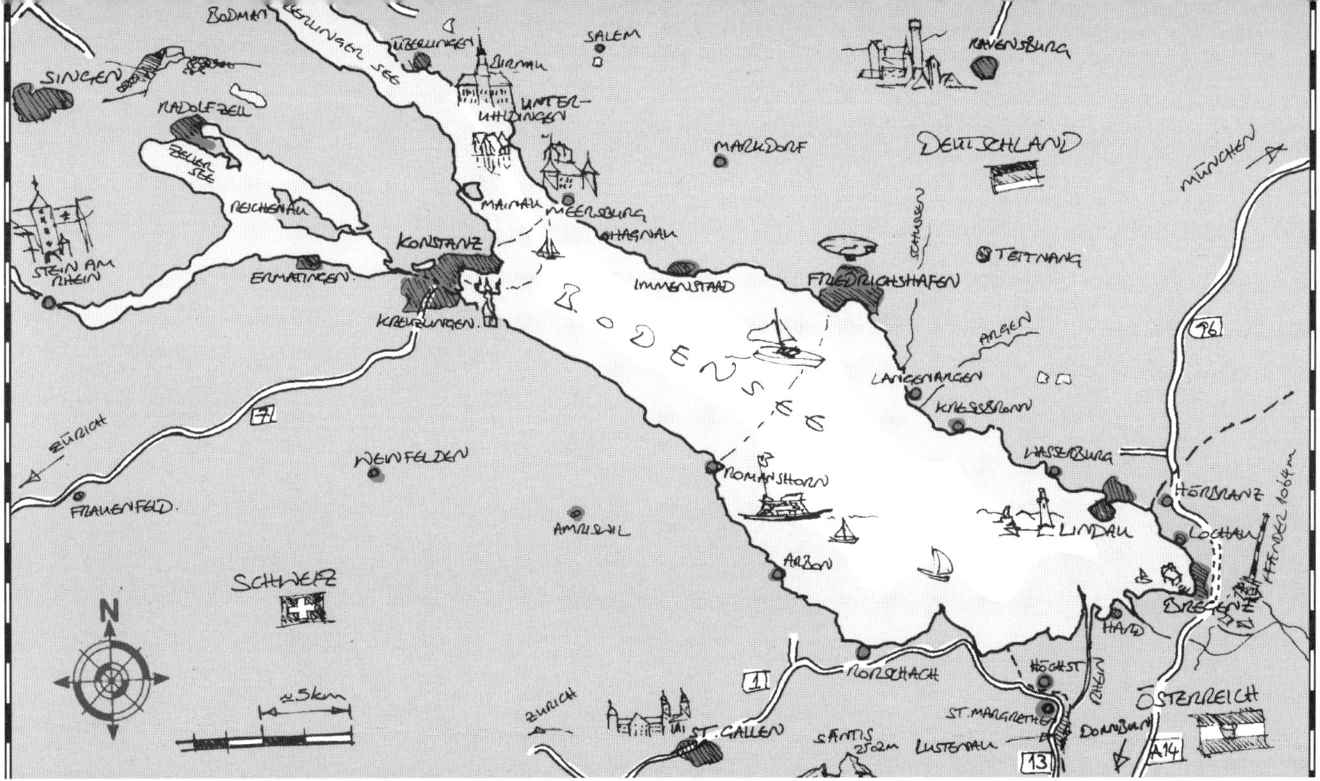
BODMAN
ÜBERLINGER SEE
ÜBERLINGEN
SALEM
BIRNAU
UNTER-
UHLDINGEN
RAVENSBURG
SINGEN
RADOLFZELL
ZELLER SEE
MARKDORF
DEUTSCHLAND
MÜNCHEN
REICHENAU
MAINAU
MEERSBURG
HAGNAU
KONSTANZ
SCHUSSEN
TETTNANG
STEIN AM RHEIN
ERMATINGEN
IMMENSTAAD
FRIEDRICHSHAFEN
KREUZLINGEN
BODENSEE
ARGEN
96
LANGENARGEN
KRESSBRONN
7
ZÜRICH
WEINFELDEN
WASSERBURG
ROMANSHORN
FRAUENFELD
HÖRBRANZ
PFÄNDER 1064m
AMRISWIL
LINDAU
LOCHAU
ARBON
SCHWEIZ
BREGENZ
HARD
N
RORSCHACH
HÖCHST
1
RHEIN
≈5km
ZÜRICH
ÖSTERREICH
ST. MARGRETHEN
ST. GALLEN
SÄNTIS 2502m
LUSTENAU
DORNBIRN
A14
13

Programm Kriminalromane

Kriminalromane der Edition Hochfeld

Oberpfalzkrimis von Max Stadler

Spichtingers Morde
Kommissar Spichtinger ist mit ganzem Herzen Münchner und kann sich immer noch nicht erklären, wie ausgerechnet er auf die Idee kam, sich in die Oberpfalz versetzen zu lassen. Fesselnde Mordermittlungen im Oberpfälzer Wald, mit französischer Note – geschrieben von Max Stadler und Lucille Clauss.

Monatsend
Ein kleines Nest an der tschechischen Grenze. Zwei Frauen werden ermordet aufgefunden. Kommissar Spichtinger reist in die entlegenen Dörfer des Oberpfälzer Waldes, um seinen ersten Mordfall zu klären. Schnell ist bekannt, dass es sich bei den Ermordeten um die Ehefrau des Landrats und um ein weithin bekanntes junges Flittchen handelt. Was verbindet die beiden miteinander? Zunächst tappt Spichtinger ratlos in kriminalistischem Dunkel und durch den ersten Novemberschnee. Fast alle Gestalten im Dorf erscheinen ihm verdächtig: vom untreuen Bürgermeister bis hin zum schwulen Holzhauer. So kompliziert hatte er sich seinen ersten Mordfall nicht vorgestellt.

Taschenbuch, 204 Seiten, Max Stadler u. Lucille Clauss, 9,95 €

Waldverein
Nur wenige hundert Meter unterhalb des Aussichtsturms am Stückstein, etwas abseits vom Weg, hängt ein Mann an einem Baum, verstümmelt und nackt.
Hier beginnt eine albtraumhafte Ermittlung, in der Spichtinger einmal mehr mit den Tücken des Dorflebens konfrontiert wird. Unterstützung erfährt er hierbei von seiner neuen Kollegin aus Regensburg. Von einer Sackgasse geht es zur nächsten. Die Gerüchte sprudeln vor Einfallsreichtum, eine konkrete Spur gibt es allerdings nicht. Was treibt den Mörder an? Zorn? Eifersucht? Rache? Bald merken die Beamten, dass das Opfer, ein einflussreicher Architekt, ein Doppelleben führte. Hinter der heilen Fassade seiner Ehe brodelte es. Liegt hier vielleicht das Tatmotiv?

Taschenbuch, 256 Seiten, Max Stadler u. Lucille Clauss, 9,95 €

Die Bodenseekrimis von Jakob Maria Soedher

Schielins Fälle
Krimireihe um den Lindauer Bodenseekommissar Conrad Schielin und seinen französischen Esel Ronsard.

Galgeninsel – Schielins erster Fall
Die Leiche des rüden und unbeliebten Immobilienhändlers Kandras treibt vor der Lindauer Insel auf. Seine Hände sind auf dem Rücken gefesselt und die gesamten Umstände seines Verschwindens sind mysteriös.

Galgeninsel, J. M. Soedher, 256 Seiten, 9,95 € (D), 10,20 € (A)

Pulverturm – Schielins zweiter Fall
Schielin wird während einer Eseltour mit Ronsard zurückbeordert, um einen Fall zu übernehmen. Ottmar Kinker, ein eigenbrötlerischer, zurückgezogener Junggeselle, liegt erstochen am Pulverturm.

Pulverturm, J. M. Soedher, 256 Seiten, 9,95 € (D), 10,20 € (A)

Heidenmauer – Schielins dritter Fall
Der Journalist Günther Bamm wird erschlagen im Stadtgarten von Lindau aufgefunden. Zuletzt war er mit Recherchen für ein neues Buch befasst, in dem es um die Lebensgeschichte von Gemälden ging.

Heidenmauer, J. M. Soedher, 304 Seiten, 9,95 € (D), 10,20 € (A)

Hexenstein – Schielins vierter Fall
Schielin findet ein verlassenes Haus vor – der Tisch ist gedeckt, das Radio läuft. Wo ist das Ehepaar geblieben und was führte zu ihrem Verschwinden?

Hexenstein, J. M. Soedher, 304 Seiten, 9,95 € (D), 10,20 € (A)

Inselwächter – Schielins fünfter Fall
Ein Sommerwochenende. Kurz vor Sonnenaufgang am Bodensee. Weit draußen **vor** Lindau, treibt eine verlassene Motorjacht. Ein Kajakfahrer findet im ersten Morgenlicht die Leiche einer Frau im Lindauer Segelhafen. Es könnte einen Zeugen für die Tat geben. Doch der hat vor langer zeit beschlossen, nicht mehr zu reden.

Inselwächter, J. M. Soedher, 304 Seiten, 9,95 € (D), 10,20 € (A)

Hafenweihnacht – Schielins sechster Fall
Mit bitterer Kälte hält der Winter Einzug am Bodensee. Auf der Lindauer Insel laufen die Vorbereitungen für die Hafenweihnacht. Kurz vor deren Eröffnung wird die festgefrorene Leiche eines Mannes auf Platz 5 im Seehafen gefunden. Seine Identität bleibt zunächst ungeklärt und das Obduktionsergebnis hält eine Überraschung für Conrad Schielin und sein Team bereit.

Hafenweihnacht, J. M. Soedher, 320 Seiten, 9,95 € (D), 10,20 € (A)

Rotkreuzplatz da Vinci

Die Begegnung mit einer mysteriösen Frau verändert das bisher unspektakuläre Leben des Kunsthistorikers Samuel Binder, Kurator an der Staatlichen Graphischen Sammlung in München. Bei seiner Suche nach der Geheimnisvollen stößt er auf eine düstere, lange verlassene Wohnung. Er bekommt eine alte Kriminalakte in die Hände und erfährt dadurch von einem beinahe vergessenen Verbrechen. Zunehmend gewinnt er den Eindruck, dass alles Rätselhafte sich nur um ihn zu drehen scheint. Aus welchen Gründen auch immer – Schicksal oder Fügung –, er ist dazu bestimmt, eine neue Wahrheit zu finden.

J. M. Soedher, Taschenbuch, 352 Seiten, 9,95 €

Bucher ermittelt
Krimireihe um den Münchner LKA-Ermittler Johannes Bucher.

Der letzte Prediger
Eine junge Frau wird von einem psychopathischen Täter in ihrer Augsburger Wohnung ermordet. Die Ermittlungen führen in einen Sumpf aus Lebenslügen, familiären Entfremdungen und in den Dunstkreis der Kirchen. Doch wo verläuft die Grenze zwischen doppelbödigen bürgerlichen Existenzen und einem kontrollsüchtigen Mörder, der nicht anders kann, als zu töten – und in welchem Milieu wird sich der Täter finden?

J. M. Soedher, Taschenbuch, 432 Seiten, 10,90 €

Requiem für eine Liebe
Eine tote Frau in der Stille eines verwunschenen Auengrundes bei Würzburg. In ihrem Haus findet sich ein Stapel geheimnisvoller Bücher. Ein Gartenbild Liebermanns von ungeklärter Herkunft gerät in den Mittelpunkt der Ermittlungen, und ein zurückgezogen im Wald lebender Kerl gibt Rätsel auf.

J. M. Soedher, Taschenbuch, 400 Seiten, 10,90 €

Im Schatten des Mönchs
Ein Suizid im Allgäu. Schon die ersten Ermittlungsschritte bestätigen die Ahnung zweier skeptischer Kollegen – die junge Frau hat niemals Suizid begangen. Wer konnte ein so kalt geplantes Verbrechen begehen? Und woher stammt das fünfjährige Mädchen, das sich in der

Wohnung der Toten versteckt hatte und keinen Namen und keine Sprache hat?

J. M. Soedher, Taschenbuch, 400 Seiten, 10,90 €

Marienplatz de Compostella
Widerwillig übernimmt der LKA-Ermittler Johannes Bucher den Fall einer vermissten jungen Frau. Ein Jahr Auszeit hat sie sich genommen, um zu Fuß von München nach Santiago des Compostella zu pilgern. Schon nach wenigen Wochen reißt jeder Kontakt zu ihr ab. Eine Postkarte von der Loire ist das letzte Lebenszeichen. Gerade als Bucher sich auf den Weg nach Frankreich machen will wird auf einem Autobahnparkplatz im Münchner Norden, der Fuß einer jungen Frau gefunden.

J. M. Soedher, Taschenbuch, 432 Seiten, 10,90 €

Die Harmonie im Kerker des Mandarin
Beijing im Jahre 1693. Kaiser Kangxi hat Jesuiten an den Kaiserhof geholt. Darunter ist auch der Münchner Pater Bai. Dessen Freund, Giuseppe Reni, Missionar und Kartograph, wird in seiner Kammer erschlagen aufgefunden. Kaiser Kangxi persönlich beauftragt seinen treuesten Richter, Wang Wenming, um den Tod des jungen Mannes aufzuklären.

Clementine Skorpil, Im Schatten des Mandarin, 388 Seiten, 9,95 €

Rosenträume am Bodensee

Hochwertig ausgestatteter Geschenk- und Bildband. Ein literarisch-fotografischer Rosenstrauß, leinengebunden mit Schutzumschlag; über 60 großformatige Farbaufnahmen, begleitet von Texten und Gedichten berühmter Schriftsteller, ausgewählt von J.M. Soedher.

Bildband, 128 S., 17,5 x 24 cm, 978-3981464306, 21,90 € (D), 22,50 € (A)